Billie Pretty a disparu

DE LA MÊME AUTRICE

Le Pacte d'Avril, Albin Michel, 2018 ; Le Livre de Poche, 2019.

La Somme de nos vies, Flammarion, 2020 ; J'ai lu, 2021.

Les Bruits du souvenir, Flammarion, 2022 ; J'ai lu, 2023.

La Chance de sa vie, Flammarion, 2024.

SOPHIE ASTRABIE

Billie Pretty a disparu

ROMAN

J'AI LU

Pour Suzanne, mon exceptionnelle apparition.

Chapitre 1

1998

J'ai 7 ans. Je marche en équilibre sur la bordure de la cour, mes bras tendus à l'horizontale comme les ailes d'un avion. Un pied devant l'autre, j'essaie de fixer mon regard au loin car c'est ce que m'a conseillé Marcel, regarder loin devant et surtout, surtout ne pas regarder mes pieds. J'avance de plus en plus facilement à mesure que les journées passent. Au début des vacances, je n'arrivais pas à faire plus de trois pas. Aujourd'hui, je fais plusieurs fois le tour de la petite cour carrée de l'immeuble gris et bancal où j'habite. Je me suis promis qu'avant la fin de l'été, j'y arriverai les yeux fermés.

Mon pied dérape de la bordure, à peine quelques centimètres après mon précédent record. Je sors la craie bleue de ma poche et la frotte sur la pierre pour inscrire une nouvelle marque. Je passe la bretelle de mon sac à dos sur mon épaule, je fixe mon casque sur mes longs cheveux bruns et je quitte l'immeuble en glissant sur mon skate.

Le soleil est déjà haut dans le ciel et chauffe doucement mes avant-bras. Le mois d'août vient de commencer et la ville s'est vidée de ses habitants. Certaines boutiques ont même baissé leur lourd rideau de fer et un bout de papier flotte, accroché à leur devanture. Tout le monde semble être parti. Tout le monde, sauf moi. Je préférerais être à la mer, c'est sûr, mais j'aime bien avoir la ville pour moi toute seule. Dans le parc, les animaux sortent de leur cachette, surtout les écureuils qui ont moins de choses à se mettre sous la dent. Alors le soir, pendant le dîner, je glisse un morceau de pain dans ma poche. Je fais ce geste discrètement parce que mon grand-père ne supporte pas le gaspillage. Il a connu la guerre et il paraît que la guerre, ça donne faim.

J'arrive sur mon banc préféré, celui à l'ombre d'un grand chêne. J'aime ses branches puissantes. Rien n'est plus rassurant qu'un arbre et c'est sans doute pour cela que j'aime tant Marcel. Il a un côté vieux tronc.

Comme tous les jours, j'essaie de faire le tour du chêne avec mes bras. J'embrasse l'écorce rugueuse qui sent bon comme la vieille table en bois de la cuisine. J'ai le sentiment que le jour où j'arriverai à l'enlacer complètement, je serai assez grande pour partir.

* *
*

Pour le moment, je suis ici, dans ce parc. Je sors mon quignon de pain de la poche de mon short et j'en lance quelques petits morceaux devant moi. Deux pigeons s'avancent prudemment vers les miettes. Je les observe sans vraiment les regarder. J'attends.

Soudain, il arrive. Il porte une casquette, une salopette verte et pousse une brouette remplie de pots de fleurs.

— Salut ! dis-je en me postant devant lui.

— Hey Pretty Billie ! lance Ernest de sa voix grave.

À chaque fois, un frisson de joie remonte le long de ma colonne vertébrale. Si je m'appelle Billie, c'est grâce à cette chanteuse américaine qui avait la plus belle voix du monde. Billie Pretty. Marcel me racontait cette histoire quand j'étais petite et que je n'arrivais pas à m'endormir. C'est ce que j'ai expliqué à Ernest le jour de notre première rencontre, au début de l'été.

— Tu plantes quoi, aujourd'hui ?

— Des iris, répond-il. Tu m'aides ?

— D'accord.

Je n'aime pas spécialement les fleurs, mais j'aime beaucoup Ernest. Il met de la couleur dans la terre mais surtout dans mon cœur. Je ne sais pas comment c'est possible, mais quand il ouvre la bouche, c'est un arc-en-ciel qui s'en échappe. Du grave, de l'aigu et entre les deux, tout un tas de tessitures qui s'entremêlent les unes aux autres. Je ferme les yeux et je vois ces nœuds multicolores se faire et se défaire. Ernest chante seul, mais j'imagine que ce sont tous ses ancêtres qui s'échappent de lui. Et cette idée me rassure.

Je reste à ses côtés jusqu'à ce qu'il parte prendre sa pause déjeuner. Je remonte alors sur mon skate et je me mets à chanter les chansons que je viens d'entendre. À la maison, il n'y a pas de radio, pas de télé et encore moins d'ordinateur. Avant, on avait un petit poste qui grésillait dans la cuisine, mais il a rendu l'âme l'hiver dernier. Il n'a pas été remplacé.

Heureusement, la voisine du dessous joue du piano tous les soirs pendant une heure. Je ne rate ça pour rien au monde. Je colle mon oreille sur le plancher et j'écoute cette mélodie qui monte jusqu'à moi. Dès les premières notes, mon cœur grossit dans ma poitrine. Il grossit tellement que je le sens jusque dans ma gorge. Il doit appuyer sur quelque chose, un petit lac sûrement, car c'est toujours à ce moment précis qu'une larme s'échappe de mes yeux et roule sur ma joue. La musique est la seule chose qui peut me faire pleurer.

* *
*

Marcel n'est pas très bavard, mais il m'écoute toujours quand j'ai des choses à raconter. Il donne son avis sans jamais s'énerver, sauf si quelqu'un laisse couler l'eau du robinet. Ça, c'est vraiment une chose qui le met hors de lui, l'eau qui coule. Quand il passe devant un jet d'eau, il se met à marmonner dans sa barbe :

— Peuvent pas planter des arbres, plutôt ?

Marcel déteste les piscines, les aquariums et les arrosages automatiques. L'eau, il l'aime dans la mer, dans un nuage ou dans un étang, à la rigueur. Mais le reste, c'est non.

Ce qu'il aime en revanche, ce qu'il aime vraiment, c'est faire des affaires. Quand un nouveau magasin ouvre en ville, il me prend sous le bras et on file à toute vitesse garer son vieux C15 rouge délavé sur le parking de la zone commerciale. Marcel est si pressé que la plupart du temps, on arrive là-bas beaucoup trop tôt.

Quand les portes automatiques ouvrent, Marcel veut être le premier à y passer sa tête. S'il existait des Jeux olympiques de la consommation, c'est sûr, il décrocherait la médaille d'or !

Sur le chemin du retour, il parle des objets qu'il a achetés et il dit toujours le prix des choses. Il ne se contente pas de trois paires de chaussettes. Non, non. Marcel achète trois paires de chaussettes à 25 francs. Quand il dit le prix, il a toujours l'air content. Du moins sur le moment. Car à la fin du mois, il trouve que les affaires, ça coûte cher.

Ce matin, sur le parking du nouveau magasin de l'enseigne GiFi, le soleil caresse mon visage. Je ferme les yeux et j'écoute à travers la vitre baissée la musique qui s'échappe du haut-parleur sur le parking. Cette voix, c'est la plus belle voix que je n'ai jamais entendue.

— Qui chante cette chanson, Marcel ?

— Ah ça... ça c'est Billie Pretty !

Je me redresse. C'est la première fois que j'entends cette chanteuse. J'ai fait des recherches pourtant, mais cela n'a abouti nulle part. Pas de Billie Pretty chez les disquaires, pas de Billie Pretty sur l'ordinateur du CDI, pas de Billie Pretty dans les rayons du supermarché. J'ai déjà supplié Marcel mille fois de m'aider, de faire quelque chose, mais à chaque fois, il se contente de pointer son doigt sur mon cœur :

— Billie Pretty, elle est là !

Rien ne m'énerve plus que cette réponse. J'ai alors envie de le secouer comme un pommier, de lui crier dessus, lui dire que je n'ai plus 5 ans. Pire, j'ai envie de l'attacher à une chaise et de laisser couler l'eau de tous les robinets du monde et de le forcer à les regarder. À chaque fois, je ne dis rien parce qu'il est vieux, que je n'ai que lui et que je ne veux pas qu'on m'abandonne une seconde fois.

J'insiste.

— Marcel, tu peux me raconter l'histoire de Billie Pretty ?

Il râle.

— Encore ! Mais je te l'ai racontée la semaine dernière !

— Allez...

— Bon bon, d'accord ! Billie Pretty était la plus grande chanteuse que le monde ait connue. Elle était petite et ronde, avec de grands yeux noirs et une bouche aussi rouge que mon C15 du temps où il était rouge vif. Quand elle chantait, plus personne ne pouvait être triste. Elle était un pansement en forme d'arc-en-ciel, les premières cerises du printemps, la résolution de toutes les équations. Il paraît même que le président de la République faisait appel à elle pour adoucir les négociations et éviter les guerres.

Je suis pendue à ses lèvres. Je connais l'histoire par cœur, mais il se débrouille toujours pour ajouter de nouveaux éléments à son récit.

— Un jour, notre vieille radio résonnait dans tout l'appartement. Les chansons s'enchaînaient les unes après les autres, Odette faisait des mots croisés, moi je pelais des pommes de terre et ta mère lisait un livre couchée à plat ventre sur le carrelage de la cuisine. Là, commence une nouvelle chanson dans le poste et tout à coup, Odette se lève, m'attrape par la main et se met à me faire danser. Je tournais, tournais, tournais autour d'Odette qui était mon soleil, tu le sais bien, et ta maman nous regardait comme si nous étions deux fous. Quand la musique s'est arrêtée, elle m'a demandé : « C'est un métier, de faire danser les gens, papa ? » J'ai affirmé : « C'est un métier ! C'est Billie Pretty. » La semaine suivante, à l'école, elle a eu une rédaction. Le sujet c'était : « Que voulez-vous faire plus tard ? » Elle a répondu : « Quand je serai adulte, je voudrais faire bilipreti. »

Je ris comme à chaque fois que Marcel me raconte cette histoire.

— Quand ta mère a su que Billie-Pretty-tout-attaché n'était pas exactement un métier, elle m'a dit que le jour où elle aurait un enfant, elle l'appellerait Billie.

Normalement, après cette partie de l'histoire, on ne parle plus. On regarde dans des directions opposées en attendant que quelque chose se passe. Ce jour-là, c'est la montre de Marcel qui se met à sonner et le fait se redresser dans son fauteuil. 9 h 58. Il ajuste toujours un réveil deux minutes avant l'ouverture du magasin afin de ne rien louper.

— Vite ! C'est l'heure !

Il sort de la voiture en trombe et se dirige vers les portes comme s'il était le premier à fouler le sol vierge de cette grande surface. Marcel est à nouveau le plus heureux des hommes.

* *
*

Un globe terrestre trône sur la table de la cuisine. Quand mon regard s'arrête sur l'objet, Marcel dit aussitôt : « 99 francs au lieu de 149. » Je ne réponds rien. Je m'assieds devant mon bol de Nesquik et je fais tourner la sphère à toute vitesse avant de l'arrêter aléatoirement du bout des doigts. Chine, Mozambique, Pérou, Finlande.

Je me dépêche de terminer mon petit-déjeuner, j'attrape mon skate et mon sac à dos et je descends dans la cour pour tenter de battre mon record du monde de l'été. Ensuite j'irai au parc. Ensuite je mangerai un sandwich près de la voie ferrée en regardant les trains passer. Ensuite j'irai lire un livre à la bibliothèque municipale. Ensuite je lancerai des cailloux en essayant de faire tomber des boîtes de conserve d'un muret. Ensuite j'écouterai la voisine jouer du piano. Ensuite je mangerai avec Marcel. Ensuite j'irai au lit. Ensuite tout sera sur le point de recommencer. Alors je pense : « Une vie répétitive, c'est une vie que l'on pourrait se contenter de raconter qu'une seule fois. »

Je me demande si dans tous les pays du monde, des petites filles portent aussi le prénom de la plus grande chanteuse de tous les temps. J'ai l'impression d'être à part, unique, chanceuse. J'ai l'impression qu'une vie grandiose m'attend quelque part et cette pensée me tient presque à elle seule debout.

Chapitre 2

1999

Ma chambre n'est pas plus grande qu'un placard. Plus je grandis, plus j'ai l'impression que l'espace rétrécit. Avant, je faisais trois pas entre le mur et la porte. Maintenant je n'en fais plus que deux. J'ai de grands rêves, mais ils se cognent souvent contre les murs de ma chambre. Quand j'y pense, une boule de feu grandit dans mon ventre, une boule de feu qui brûle tout sur son passage et qui ne s'éteindra probablement jamais.

Au rez-de-chaussée de l'immeuble, il y a un couple, Emmanuelle et Thierry Girard, qui passent leur temps à se disputer devant leur poste de télévision. L'été, ils ouvrent les fenêtres alors le bruit résonne contre les immeubles d'en face. Ils regardent une émission où le public passe son temps à applaudir. Parfois, quand ça arrive, j'attrape ma brosse à cheveux en guise de micro et j'imagine que c'est pour moi.

Au premier étage, c'est un homme qui vit seul et que l'on ne voit pratiquement jamais.

Quand il rentre, vers 17 heures, il a le visage sale et les mains couvertes de suie.

Au deuxième, c'est une femme qui ne porte que des talons vernis et un tailleur bleu marine. Longtemps, j'imaginerai qu'elle est hôtesse de l'air. J'apprendrai plus tard qu'elle travaille en fait à l'accueil de l'hôtel deux étoiles du bout de la rue.

Au troisième, c'est la voisine qui joue du piano et recueille tous les chats du quartier. J'ai l'impression qu'elle a 1 000 ans. En réalité, elle en a à peine quarante. Marcel dit qu'elle n'est pas fiable et qu'il ne faut pas écouter tout ce qu'elle dit.

Au dernier étage, c'est un étudiant au teint blafard qui vit la nuit et titube parfois aux heures claires.

Au quatrième, c'est Marcel et moi.

À l'école, je parle parfois avec Julien et un peu avec Laurie. À la cantine, je pose mon plateau de manière aléatoire à côté de mes camarades de classe qui lèvent à peine la tête et continuent leur conversation. Ils ont essayé de percer le mystère de cette fille qui vit seule avec un vieux monsieur. Ils ont essayé de comprendre ce qui pouvait bien se cacher derrière les mots que je ne prononçais pas. Ils ont essayé et puis ils ont arrêté d'essayer.

Sur l'éphéméride accrochée au mur de la cuisine, la date du jour semble clignoter : 7 août. C'est mon anniversaire. Je me demande si Marcel va s'en souvenir. Avec l'âge, il a de plus en plus de mal avec les dates. Alors je sors de l'appartement encore plus tôt que d'habitude pour ne pas le croiser et lui laisser du temps de se rappeler qu'aujourd'hui est un jour particulier.

Comme à mon habitude, je descends l'escalier à toute vitesse en comptant les marches. Mais à la neuvième, je manque de trébucher sur une drôle de forme. Ni ronde ni ovale, c'est une forme qui a les contours d'un garçon.

* *
*

Je ramasse les morceaux de pain et les boîtes de conserve vides qui se sont renversés sur la moquette quand, en essayant d'éviter le garçon de l'escalier, mon sac à dos a valdingué. Je dis :

— C'est rare les gens qui s'assoient sur les marches dans cet immeuble.

— Je voulais prendre l'air.

Je lève un sourcil.

— De l'air, il y en a davantage dehors.

— Je m'appelle Maxime.

— D'accord.

Je suis sur le point de reprendre ma route quand il se met à nouveau à parler.

— Et toi ?

— Billie.

— Tu vas où ?

J'hésite. Je n'aime pas dire où je vais, car ensuite, les gens peuvent me retrouver.

— Au parc.

— Je peux venir avec toi ?

J'ai envie de répondre « non », mais ce n'est pas aussi simple. Il y a cette chose à l'intérieur de moi, cette chose qui m'empêche de dire ce que je pense vraiment pour éviter de blesser les autres. Je le fixe une seconde. Ses cheveux bruns dans tous les sens, ses yeux bien plantés dans les miens, son tee-shirt à rayures et ses baskets qui semblent avoir parcouru le monde.

— Je suis en vacances chez ma tante, ajoute-t-il.

— La dame qui joue du piano ?

— Oui. Et qui cuisine des litres de soupe.

— J'aime bien le piano.

Je reprends ma course dans l'escalier. Trois marches plus bas, je me retourne.

— Bon, tu viens ?

* *
*

Je monte sur mon skate et Maxime marche à côté de moi. J'ai légèrement ralenti mon allure mais pas trop non plus. Après tout, c'est lui qui a voulu venir. Le garçon ne parle pas et ce qui, au départ, m'arrangeait commence à m'ennuyer. Le silence, c'est plus difficile à deux.

— Je peux en faire ?

Maxime me sort de mes pensées.

— De quoi ?

— De ton skate.

— Ah.

Je le fais rouler jusqu'à lui. Maxime pose son pied droit sur la planche qui part aussitôt dans le sens opposé. Lentement, je vais la chercher près de l'arbre sur lequel elle a buté et je la pose à nouveau devant lui, sans faire de commentaire. Maxime retente sa chance, mais le même scénario se produit. J'hésite à lui dire qu'il devrait d'abord penser à trouver son équilibre avant de vouloir avancer, mais je ne dis rien et Maxime monte pour la troisième fois sur cette planche en bois qui roule mieux sans garçon dessus.

— Ma mère déteste tout ce qui a des roues, finit-il par dire. J'avais un vélo quand j'étais petit, mais je suis tombé alors elle l'a vendu. Depuis j'ai une guitare.

— …

— Je ne suis encore jamais tombé de ma guitare, dit-il en me fixant.

Je trouve que c'est marrant, mais je reste de marbre. Il me faut plus de temps avant de rire ou de pleurer devant des personnes que je ne connais pas.

Il remonte une quatrième fois. Son corps tremble mais le skate reste en place. Il pose son pied gauche à terre et pousse doucement. Et il avance. Je le suis à une distance raisonnable. Quand il arrive à l'arbre où le skate est allé tout seul les trois fois précédentes, il met son pied à terre et se tourne vers moi avec un sourire, un sourire si grand qu'il me fige sur place. Quelque chose vient de bondir dans ma poitrine. Je suis heureuse de le voir heureux, mais aucun mot n'existe pour le dire.

* *
*

Je n'y avais pas pensé. Obnubilée par mon anniversaire, j'avais oublié qu'aujourd'hui c'était samedi et qu'Ernest ne travaillait pas. Je viens d'arriver au parc, accompagnée de ce garçon qui m'encombre et je me sens tout à coup très vide. Pas de chant. Pas de rythme, pas de joie, pas de sens.

Je vais devoir rentrer dans des magasins et prétendre m'intéresser à des objets dont je me fiche dans le seul but d'entendre une note de musique. Tout ça m'énerve, j'en veux à la terre entière, surtout à Marcel qui dépense tout son argent dans des trucs en promotion et qui n'est pas capable d'acheter une simple radio. Je donne un coup de pied dans les cailloux qui se trouvent sur mon chemin, un coup de pied dans une feuille, un coup de pied dans un papier de bonbon, un coup de pied dans l'herbe, un coup de pied dans le vide. Maxime ne doit pas comprendre ce changement d'humeur, mais il ne dit rien. Il suit cette fille qu'il trouve sûrement bizarre. Il la suit avec, au creux de son ventre, cette contradiction étrange : l'envie d'être ailleurs et celle de ne surtout pas l'être.

— Je déteste les week-ends en vacances. Ils ne servent à rien. C'est comme une casquette sous un parasol ou une lampe allumée en pleine journée.

Maxime se met à parler très vite. Je comprends qu'il ne comprend pas tout mais qu'il comprend un peu, quand même. Il sait reconnaître la déception pour l'avoir vue des centaines de fois sur son propre visage à chacune des phrases que prononce sa mère. « Non, tu n'iras pas jouer chez Vincent », « Pour le vélo, on verra l'année prochaine », « Tu ne me croiras jamais mais ils n'avaient plus de place dans l'équipe de rugby. » Il était toujours sur le point de faire quelque chose mais finissait par ne rien faire car, à chaque fois, sa mère était prise de panique et annulait tous les plans à la dernière minute. Il détestait les dernières minutes.

Alors, cette semaine de vacances chez sa tante, c'était inespéré. Une semaine à distance, une semaine de liberté, une semaine durant laquelle il n'y aurait plus de « presque ». Une semaine qui avait été possible grâce aux nombreux « Voyons, Chantal... » de son père et il est difficile de savoir ce qu'avait vu Chantal mais Maxime était là, seul, à deux cent soixante-dix kilomètres de chez lui, pour la première fois de sa vie.

— On va voir les trains ?

Je le sors de ses pensées. Ce n'est pas vraiment une question, alors Maxime se contente de me suivre en accélérant le pas. À trois cents mètres du parc, il y a un petit pont qui surplombe une voie ferrée. La barrière en fer rouillé est accrochée au béton, mais l'espace est assez grand pour qu'on y glisse nos jambes. Je vérifie l'heure sur ma vieille Flik Flak rouge et bleu.

— Dans une minute, il y a le train pour Paris. Quand il passera, il faudra que tu retiennes ta respiration du premier wagon au dernier. Sinon tu meurs. OK ?

— Heu, d'ac.

— Il arrive… t'es prêt ?

Maxime n'ose pas répondre et se contente de hocher la tête avec vigueur. Quand le train passe, je vois bien qu'il manque déjà d'air. Les wagons défilent à toute vitesse dans une grande aspiration et quand le dernier franchit le pont, on reprend notre souffle, comme si l'on sortait d'une plongée sous-marine.

— Il est toujours long le 9 h 47 !

Je le fixe sans ciller et j'ajoute :

— Pas mal pour une première. Tu viens d'où ?

— De Nantes.

— Ils font quoi tes parents ?

— Mon père est ingénieur. Il construit des barrages. Ma mère travaille dans les assurances. Mais la plupart du temps, elle s'inquiète.

— T'as des frères et sœurs ?

— Un frère. Plus petit.

— Pourquoi je ne t'ai jamais vu avant ?

Maxime hausse les épaules et je fronce les sourcils.

— C'est plutôt ma tante qui vient nous voir. Ma mère n'aime pas qu'on se retrouve tous dans un même heu… moyen de locomotion.

Mes sourcils se défroncent lentement. Je pense au C15 de Marcel, aux sièges en velours gris qui sentent cette odeur si particulière, ce mélange de passé et de présent, de poussière et de chaleur d'été. J'ai le droit de m'asseoir à l'avant mais uniquement si j'attache ma ceinture parce qu'à l'avant, ça fait plus longtemps que c'est obligatoire.

La journée passe en un éclair et quand je regarde à nouveau ma montre, il est déjà l'heure de rentrer.

— Il faut que j'y aille. Marcel m'attend.

Je me lève et Maxime me suit. Dans l'escalier, au moment où nos chemins se séparent, je le regarde un instant, avec cette seconde supplémentaire. Cette seconde supplémentaire avec laquelle je le regarderai toujours, même quand nous serons plus grands.

— À demain ?

— À demain.

* *
*

— Marcel ?

L'appartement est plongé dans la pénombre. Il n'y a pas de bruit. D'habitude, Marcel est toujours là quand je rentre. Il n'est jamais en retard car, le soir, il aime manger tôt.

— Maaarcel ?

Ralentie par un poids au fond de mon estomac, j'essaie de me remémorer le dernier mot qu'il a prononcé ce matin quand j'ai quitté l'appartement et je me souviens que des mots, il n'y en a pas eu. Je suis partie avant de le croiser.

— Marcel, t'es là ?

Je me dirige vers la cuisine, pousse la porte et là, au milieu de la table, un petit feu illumine Marcel. Il me faut quelques secondes pour comprendre que c'est une tartelette à la fraise sur laquelle se trouvent huit bougies les unes sur les autres.

— Hé hé ! Tu ne pensais pas que j'allais oublier quand même ?

Marcel me colle un baiser sur le front et se met à fredonner un joyeux anniversaire plein d'entrain. Quand il a fini, il coupe le minuscule gâteau en deux parts égales mais pas tout à fait non plus car chez nous, l'égalité a toujours été à mon avantage. Il attrape un paquet posé sur une étagère et me le tend. Je retiens ma respiration. Cela fait des mois que je laisse traîner des prospectus de poste radio à travers tout l'appartement. Je me dis que cette fois, c'est peut-être la bonne. Je sens mon cœur battre de plus en plus vite. Mais il se stoppe net quand je comprends que ce n'est pas ce que j'espère. Que dans cette boîte en carton, ce n'est pas une radio mais un poupon. Un poupon à 99 francs au lieu de 149.

* *
*

Je me couche en fixant le plafond de ma chambre sur lequel j'ai collé trois étoiles fluorescentes. Chaque soir, mes rêves s'accrochent à des bouts de plastique à cinq branches. Souvent, l'une d'elles se décolle et s'écrase sur le sol.

Je repense à ma journée, à ma rencontre avec Maxime. Moi aussi j'aimerais bien que quelqu'un s'inquiète pour moi quelque part. Il y a Marcel, bien sûr. Mais à vrai dire, je me fais plus de souci pour lui qu'il ne s'en fait pour moi. J'ai 8 ans mais je comprends déjà que s'il lui arrivait quelque chose avant ma majorité, je serais placée dans un foyer ou dans une famille d'accueil. Je le sais parce que je ne suis pas sûre que Jonathan, mon cousin de Saint-Étienne dont Marcel me parle parfois, existe vraiment. Un jour, il l'a appelé Jérémy.

Chaque matin quand je pars pour l'école, je note sur un petit carnet le dernier mot que Marcel me lance avant que je ne claque la porte d'entrée. Je voudrais m'en souvenir. Au cas où. Surtout, je suis persuadée que la vie ne peut pas m'enlever mon grand-père, le jour où il aura dit « toilettes » ou « taxe foncière » en dernier.

* *
*

Le lendemain, Maxime m'attend en bas de l'escalier. Quand il m'aperçoit, il se lève et me tend un bout de gâteau au chocolat coincé dans une feuille de papier d'alu.

— Tiens.

— Merci.

Je l'avale en deux bouchées et sans un mot, on se met en route en empruntant le même parcours que la veille, comme si cette deuxième fois offrait déjà la perspective de l'habitude. Il me suit quand je franchis le portail métallique du parc et il me suit encore quand je tente de faire le tour du tronc de l'arbre avec mes bras. Mais lui ne le fait pas. Sans doute n'a-t-il pas à mesurer le temps qu'il lui reste avant de s'enfuir ?

Je m'assois sur mon banc et j'attends. Je sens son regard qui brûle ma nuque quand je tourne la tête à la recherche d'Ernest.

— Hier c'était mon anniversaire. J'ai eu un poupon…

Il est sur le point de répondre quelque chose mais au même moment, le jardinier arrive alors je bondis pour aller à sa rencontre. Quelques minutes plus tard, le concert d'Ernest débute et plus rien n'existe. J'oublie tout. J'ai su pourtant que c'est à ce moment précis que Maxime commencera à se souvenir.

* *
*

Tous les autres jours se déroulent de la même manière. Maxime m'attend sur une marche de l'escalier et nous réalisons le même itinéraire. Le dernier soir, lorsqu'il m'annonce qu'il repart tôt le lendemain matin, il me tend un petit paquet emballé dans des pages du magazine *Star Club*.

— Pour ton anniversaire, ajoute-t-il.

Pendant quelques secondes, je capture ce garçon que j'imagine alors ne plus jamais revoir et puis je me saisis du paquet. Il me faut un peu de temps pour comprendre que là, au milieu des photos d'actrices en maillot de bain et des titres accrocheurs de ce magazine déchiré, se trouve le plus beau cadeau que l'on puisse me faire : un Walkman.

— Je l'ai eu à Noël. Je crois que tu t'en serviras plus que moi.

J'ai du mal à parler, alors j'appuie sur un bouton et le petit boîtier noir s'ouvre dans un claquement.

— C'est pour écouter de la musique. J'ai mis une cassette à l'intérieur. J'ai enregistré mes chansons préférées qui passent à la radio.

— Tu connais Billie Pretty ?

— Billie Pretty ? Non...

— Ah...

— Mais je demanderai à ma mère si tu veux. Et si je trouve sa cassette, je te l'enverrai.

— Merci.

Maxime est sur le point de pousser la porte de chez sa tante quand il se retourne vers moi et me dit :

— Je trouve que tu chantes vraiment bien.

*
*
*

Le lendemain, dès mon réveil, je plaque l'oreille sur le plancher pour écouter les bruits de son départ. Quand la porte d'entrée claque et que le silence se fait, je cours à la fenêtre et je le regarde s'en aller. Il traverse la rue avec son gros sac de sport pendu à son épaule, aux côtés d'une grande femme blonde perchée sur de hauts talons qui claquent sur le goudron. Elle secoue beaucoup ses mains quand elle parle et ses bracelets en or étincellent dans la brume du petit matin. Au moment de monter dans la voiture, Maxime s'arrête et lève la tête dans ma direction. Nos regards se croisent et je ne bouge pas. Il me fixe quelques secondes et je fais un rapide geste de la main à travers la vitre pour lui faire un signe. Il n'a pas le temps de réagir, sa mère lui ordonne de ne pas rester au milieu de la route.

La voiture disparaît à l'angle de la rue. Je pose la mousse des écouteurs sur mes oreilles et j'appuie sur la touche avec un petit triangle dessus. La musique démarre. Ma vie aussi.

Chapitre 3

2000

Cette semaine au cœur de l'été, je l'attends depuis des mois. Dès le 1er janvier même, quand les trois zéros se sont alignés derrière le deux et que tout le monde a bien dû admettre que les voitures ne volaient toujours pas et que les ordinateurs avaient réussi à compter jusqu'à 2000 sans exploser. Moi, je pouvais enfin dire : « Maxime vient cette année » et l'éternité avait tout à coup un goût de lendemain.

Pendant ce temps, Maxime m'envoie des lettres qu'il adresse à sa tante. Parfois quand je descends les escaliers, elle m'arrête pour me dire que j'ai du courrier. Comme je n'ose pas demander d'argent à Marcel, je lui confie mes réponses dans des enveloppes non affranchies. Elle ne fait aucune remarque.

Un jour, dans l'une de mes lettres, je lui pose la question qui me brûle les lèvres depuis des mois : a-t-il pu faire des recherches sur Billie Pretty ? Il me répond : « J'ai demandé à ma mère, elle dit qu'elle n'en a jamais entendu parler. »

* *
*

En avril, Maxime m'écrit pour me dire qu'il viendra chez sa tante cet été et, en août, Maxime est là, assis sur la même marche de l'escalier. Il me tend une cassette audio et je n'ose pas lui dire que je n'ai pas réussi à en acheter une autre depuis la dernière fois que l'on s'est vus.

L'été reprend là où il s'est arrêté, un an plus tôt. J'ai l'impression que pour Maxime, la vie a continué mais que pour moi, rien n'a changé. Je vis toujours chez mon grand-père, je l'accompagne toujours à ses ouvertures de magasin et je m'endors toujours en suppliant les étoiles. Je me souviens de cette pensée que j'ai, quand je le vois descendre de la voiture le jour de son arrivée. Il y a celui qui part et celui qui reste. Et ça a beau être une seule séparation, ce n'est jamais vraiment la même chose.

Quand il monte sur mon skate, je constate qu'il a progressé.

— Ma mère ne veut toujours pas que j'en aie un. Mais je vais dans un magasin de sport, parfois, en rentrant de l'école.

Il roule et moi j'écoute ma nouvelle cassette. Soudain je m'arrête, les yeux écarquillés, la bouche ouverte.

— Quoi ? Qu'est-ce qu'il y a ?

— Cette chanson-là. Cette chanson. Écoute.

Je retire le casque de mes oreilles et le plaque sur sa tête. Maxime me fixe.

— Oui eh bien ?

— C'est Billie Pretty.

— Non, pas du tout. C'est Whitney Houston.

Je ne dis rien. Il me fixe une seconde et puis il détourne le regard. Je sais ce qu'il a vu. Il a vu une fille dont le monde s'écroule, alors il a cette délicatesse de prétendre qu'il ne s'est rien passé. Que cette seconde n'a rien de particulier alors qu'elle vient de changer ma vie.

À cet instant précis, je pense au plafond de ma chambre, à ces étoiles phosphorescentes que je contemple depuis des années. Alors sans réfléchir, je dis :

— On dort dehors ce soir ?

— Comment ça ?

— On campe.

Il pose un pied à terre et le skate s'arrête. Il ne demande aucune explication, il répond juste :

— D'accord.

* *
*

Il y a une chemise rouge au-dessus du grand buffet en noyer de la cuisine. Elle n'est pas rangée dans un placard, ni même dans un tiroir. Elle n'est pas non plus posée sur une étagère. Elle est juste là, au milieu d'une couche de poussière endormie.

C'est en voulant récupérer ma balle rebondissante que je l'ai vue.

Je n'y ai pas touché. Au même moment, j'ai entendu la clé s'insérer dans la serrure de la porte d'entrée. J'ai attrapé ma balle et je suis redescendue en silence, comme si de rien n'était. J'ai passé le reste de l'après-midi allongée sur le sol de la cuisine à tenter de faire rebondir la balle sur les quatre murs de la pièce. Le soir, dans mon lit, je n'ai pas réussi à m'endormir. Quand je fermais les yeux, il y avait cette pochette qui apparaissait derrière mes paupières et qui semblait clignoter comme la sirène des pompiers. Ce dossier rouge, avec cette étiquette blanche sur laquelle était écrit Billie en lettres majuscules entre deux guillemets.

* *
*

Il a dit qu'il dormait chez moi, j'ai prétendu être invitée chez lui et à 19 h 30 on se retrouve en bas de l'escalier avec nos couvertures roulées en boule dans des sacs plastique de supermarché. On sourit mais on n'est pas sûrs que tout ça soit une bonne idée. À vrai dire, on le sait parfaitement : ce n'en est pas une. Mais il a soif d'interdit et veut sentir son cœur battre contre sa poitrine. Et moi j'ai envie que de vraies étoiles brillent au-dessus de ma tête.

— J'ai pris des boîtes de conserve.

Au même moment, le poste de télévision des Girard se met en marche et les applaudissements du public résonnent dans toute la cage d'escalier. J'en profite pour pousser la porte de l'immeuble et partir en courant. Je cours à toute vitesse pour perdre haleine, pour manquer de souffle, pour sentir mes poumons brûler ma poitrine et Maxime me suit. J'entends son sac frotter son pantalon et ses pas frapper le bitume. J'essaie de me convaincre qu'ensemble, il ne peut rien nous arriver.

* *
*

Le lendemain, sa mère est là à 8 heures, le visage fermé, les gestes secs. Elle ouvre la portière arrière de la voiture sans un regard pour son fils. Je les observe par la fenêtre sans oser bouger. Maxime a le menton haut et son attitude est celle de celui qui ne veut pas céder. Mais il courbe tout de même le dos et rentre dans la voiture qui démarre aussitôt. Marcel, lui, m'a juste dit de le prévenir la prochaine fois. Il avait cherché l'ouvre-boîte toute la soirée.

Tout avait bien commencé pourtant. On avait escaladé la grille du parc sans difficulté, trouvé un endroit où s'installer et sorti ce qu'on avait piqué dans les placards : du thon, des biscottes et du maïs en boîte.

On s'était couchés dans l'herbe et puis on avait regardé les étoiles. C'était le mois d'août alors quand la nuit est tombée, le spectacle nous a cloués sur place. J'ai pensé à mes étoiles fluorescentes qui tiennent au plafond de ma chambre grâce à un bout d'adhésif et je sais qu'à cet instant précis, je me suis demandé si j'allais survivre à l'enfance. J'avais envie de pleurer à la fois de tristesse et de beauté, et alors que je pensais que je n'allais pas y arriver, j'ai vu une étoile filante. Puis une deuxième suivie d'une troisième.

Il s'est mis à pleuvoir des étoiles et l'espace d'un instant, je me suis dit que tout était possible.

Comme si nos pensées avaient fait le même chemin, Maxime a dit :

— C'est laquelle ta bonne étoile, tu crois ?

J'ai fixé celle qui brillait le plus, l'étoile du berger, puis j'ai décalé mon regard vers la droite et j'ai choisi celle juste à côté. Celle que personne ne regarde jamais. J'ai dit :

— C'est bon. Je l'ai. Et toi ?

— Moi aussi.

Quand on s'est réveillés, le jour se levait doucement alors on est rentrés. Il ne nous a pas fallu longtemps pour comprendre que quelque chose clochait. Une voiture de police était garée devant l'immeuble et le gyrophare bleu tournait en silence, se reflétant tour à tour sur chacune des façades de la rue. La tante de Maxime était dehors, l'air figé et les bras croisés sur son peignoir rose pâle, en train de discuter avec un homme. D'une certaine manière, elle souriait. C'est juste que c'était à l'envers. Maxime m'a regardée et j'ai vu dans ses yeux le drame : il venait de gâcher sa seule chance. Sa seule fenêtre de liberté. Il n'était resté que quarante-huit heures. Quarante-huit heures, ce ne sont pas des vacances. C'est une garde à vue. Tout ça à cause de cette idée stupide de camper dans le parc. À cause de cette cassette qu'il avait enregistrée. À cause de Billie Pretty.

* *
*

J'attrape mon sac à dos et je sors de l'appartement. J'arrive à l'arrêt de bus et je vois que trois personnes attendent. C'est une bonne chose, ce sera plus simple pour me faufiler à l'intérieur de l'autocar sans me faire remarquer. Vu que je n'ai pas d'argent pour le ticket.

Le bus arrive, j'aide une vieille dame à porter ses sacs, je passe devant le chauffeur avec les mains prises, je souffle un peu, je fais celle qui trouve ça lourd, j'affiche mon air débordé, je fais mon cinéma comme dirait Marcel. J'imagine que personne n'est dupe, mais on ne me dit rien. On laisse passer cette petite fille qui ne paie pas son ticket. Je m'installe sur un siège côté fenêtre, le plus proche de la sortie, et je ne bouge plus. Il y a sept arrêts jusqu'à celui qui porte le nom de « centre commercial », ce grand bâtiment en tôle qui semble avoir poussé dans du béton. À l'intérieur, c'est l'abondance. Des livres, des jeux, des télés, des bonbons, tout un tas de choses que je ne vois jamais chez nous, dans nos placards. Parfois le soir, pour m'endormir, je rêve que l'on m'a oubliée à l'intérieur.

Le bus s'arrête dans une sorte de soupir et se penche légèrement sur le côté pour me déposer au bord de la route.

Dans le magasin, une voix aux intonations de fête foraine m'accueille en m'annonçant que le deuxième baril de lessive en poudre est à moitié prix. L'homme termine chacune de ses phrases comme s'il essayait de faire un rond de buée sur une vitre mais je n'y prête pas vraiment attention. Je n'ai qu'une idée en tête. Je me dirige vers le rayon musique, celui avec ses dizaines et dizaines d'étagères remplies de CD rangés par ordre alphabétique. Je repère tout de suite les lecteurs et leurs casques en mousse qui font comme deux ventouses sur les oreilles et ont le pouvoir de faire changer de planète en un seul geste.

Je dérange un vendeur en train de classer des disques.

— Bonjour, je cherche le CD de Billie Pretty.

— Billie comment tu dis ?

Je répète :

— Billie Pretty.

Il fronce les sourcils.

— Ça ne me dit rien. C'est nouveau ?

— Non... Je... Non.

Il se gratte la joue mais avant qu'il n'ait le temps de décrocher son téléphone pour se renseigner auprès de l'un de ses collègues, je dis :

— Et heu ouitné youston ? Vous avez ?

— Ah Whitney Houston, ça oui. Suis-moi.

Il me conduit jusqu'à un lecteur, dépose un casque sur mes oreilles et appuie sur un bouton. Le CD tourne, le sol tourne, ma tête tourne. C'est beau, évidemment que c'est beau. Puisque c'est Billie Pretty.

* *
*

Billie Pretty n'existe pas.

Cette phrase cogne dans ma tête. Je sens qu'elle m'abîme, mais je ne peux pas m'en empêcher. Je la répète en boucle, de plus en plus lentement, si lentement même que ce ne sont plus des mots que je prononce, mais des lettres. À force, je ne la comprends même plus mais l'ai-je seulement jamais comprise ?

Car si Billie Pretty n'existe pas, est-ce que moi j'existe vraiment ?

* *
*

Ce soir-là, je regarde Marcel préparer le repas. Je le regarde couper les courgettes, peler les pommes de terre et éplucher les gousses d'ail. Je le regarde, encore, ouvrir les placards, choisir un plat, verser de l'huile, ajouter du sel et tout mettre dans le four, en sifflotant, avec son air de rien, son air de vie qui continue et je me demande si parmi tous ses airs, il y a un air de famille. Sous les rides, sous la peau qui a durci avec le froid, le soleil et les soucis, sous les sourcils épais et broussailleux. Derrière les histoires qu'il me raconte.

— Tu te souviens du jour de ma naissance ?

Marcel s'arrête.

— Si je me souviens ? Bien sûr que je me souviens. Je me préparais à aller travailler, je buvais mon café dans la cuisine. Il n'était pas 7 heures mais il faisait déjà une chaleur à crever. Le téléphone a sonné et s'il y a une chose que j'ai apprise dans la vie, c'est qu'il faut se méfier des téléphones qui sonnent trop tôt le matin ou trop tard le soir. Ta grand-mère a décroché et je l'ai entendue dire : « Nom de Dieu. » Ça, crois-moi, c'est un truc que j'oublierai jamais, Odette qui jure. J'ai cru que quelqu'un était mort.

Il fait une pause, s'essuie les mains sur un torchon avant de les poser sur ses hanches et de me faire face.

— Mais non. C'était toi qui venais de naître. On ne savait même pas que ta mère était enceinte.

Il sourit une seconde et puis son regard se fige.

— Bon allez, c'est pas tout. T'as fait tes devoirs ?

— Y a pas école, Marcel. On est en août.

— Ah oui oui, c'est vrai.

* *
*

La semaine suivante, j'ai reçu une lettre de Maxime. Je ne l'ai pas ouverte. Il a continué à m'écrire pendant plusieurs mois. Ma vie était alors comme ces enveloppes que je laissais fermées : un mystère à portée de main. Je crois que je lui en voulais à lui, pour le mensonge des autres. Je le punissais mais comme dans toutes les punitions, il n'y a que le bourreau qui souffre vraiment. Je l'imaginais dans sa famille, avec sa mère comme un bouclier, sa mère qui le borde le soir dans son lit, sa mère perchée sur ses talons, sa mère aux réunions d'école. Sa mère. Sa mère. Sa mère.

Les lettres de Maxime ont fini par s'arrêter. On ne sait jamais quand les choses s'arrêtent. On constate juste que ça fait longtemps qu'elles ne sont plus arrivées. Maxime a doucement glissé en dehors de ma vie.

Chapitre 4

2002

J'ai 11 ans. Lors du premier jour de cours, en classe de sixième, la professeure de français nous demande de faire une rédaction. On croit d'abord à une blague. Mais en fait non. Les blagues, ce n'est pas son genre. Le corps sec, le visage dur, le regard froid et puis au-dessus de tout ça, une frange blond platine qui semble avoir été coupée d'un coup de couteau. Cette blondeur artificielle sur sa silhouette rêche, c'est une sorte d'anomalie qui sème le doute. Mais aucun de nous n'a assez vécu pour comprendre qu'il s'agit d'une perruque.

D'une voix traînante, elle commence à dicter les consignes qu'elle écrit en même temps au tableau. Elle appuie si fort sur la craie que parfois un cri s'en échappe. « Raconter l'histoire de sa famille. » L'idée me paralyse. Je regarde autour de moi et mes camarades ne semblent pas gênés par l'énoncé. Une dizaine de doigts se lève même de part et d'autre de la classe pour poser des questions.

Personne ne demande : « Comment on fait quand on n'a pas vraiment de famille ? » Ni : « Est-ce qu'un grand-père c'est une famille ? » Alors je prends une grande inspiration et je commence à écrire mon histoire, celle que l'on m'a toujours racontée. Pendant une heure j'écris comme coupée du monde. Quand la sonnerie retentit, j'ai l'impression de sortir d'un rêve. Mes joues sont en feu et ma vue met quelques minutes à ne plus voir les lignes de ma feuille partout où je regarde. Je tends ma double page à la professeure et je sors au plus vite de la salle de classe. Je n'ai aucune idée de ce que j'ai écrit.

La semaine suivante, Mme Guillot distribue les copies. Elle fait partie de ces enseignants vicieux qui les rangent par ordre croissant, de la pire à la meilleure note. Mais pour l'instant nous n'en savons rien et Victor Jamin a encore le sourire aux lèvres au moment où il reçoit la sienne. La pile se réduit petit à petit, jusqu'à ce qu'il n'y ait plus rien entre les mains de Mme Guillot. Je me redresse, jette un regard autour de moi, tout le monde a son devoir posé sur son bureau. Tout le monde sauf moi. Je lève la main.

— Ah ça y est, elle se réveille. Eh bien, Letellier ? Ta copie t'attend ici, viens la chercher.

Tout le monde redresse la tête et se demande ce qu'il se passe. Ma chaise racle le carrelage, j'avance lentement jusqu'à l'estrade, je fais un geste vers la feuille qu'elle me tend du bout des doigts mais quand je la saisis, elle la retient.

— Lis. Mets-toi là, dos au tableau et tu lis. Pour tout le monde.

Je sens une sueur froide glisser le long de ma colonne vertébrale. Je ne sais plus ce que j'ai écrit, mais je sais que je ne veux pas que mes mots sortent du silence de cette feuille.

— Non madame.

— Comment ça, non ? Mais ce n'est pas toi qui décides, ma petite. Allez.

Je tiens ma rédaction devant les yeux. Il y a ma note en haut à droite, un 18 écrit en rouge qui semble battre au rythme de mon cœur. Je la fixe et il ressemble de plus en plus au clignotant d'une voiture un jour de pluie. Je répète :

— Non, je ne veux pas.

Son visage se ferme.

— Tu préfères peut-être que je retire le 8 de ta note ?

Je fais tout mon possible pour ne pas pleurer. Je serre ma mâchoire, je serre mes poings et je serre mon cœur. C'est ma deuxième semaine au collège et je me sens prise au piège. Ma gorge s'assèche alors que mes yeux se noient. Je déteste cette femme, mais je déteste encore plus ma faiblesse. Je relève le menton, je prends une grande inspiration et je commence à lire.

« J'ai 11 ans et j'ai l'impression qu'avoir 11 ans, ça dure des années. Je suis plongée en enfance, cette salle d'attente dont seuls les adultes savent qu'elle n'a rien de définitif. Je suis fille unique. J'ai un cousin qui vit à Saint-Étienne mais je ne le vois jamais. On dit "famille nombreuse" mais il n'y a pas de mots quand on est peu. C'est juste une famille pas nombreuse. Cela ne me dérange pas vraiment. Au moins, dans les familles pas nombreuses, on a le temps d'être ensemble et on ne se partage pas beaucoup. S'il y en a un qui boude, il ne peut pas aller voir un autre membre de la famille. Les familles pas nombreuses, ça ne boude pas longtemps. Je vis avec mon grand-père. Je n'ai que lui et il n'a que moi. Le problème, c'est que je ne sais pas pour combien de temps encore. J'y pense tous les jours. Chaque matin quand je claque la porte d'entrée pour prendre le chemin de l'école et chaque soir quand je l'ouvre. Mes journées sont toujours entre parenthèses.

Je ne sais rien de ma mère. Tout ce que j'ai cru savoir n'était en réalité qu'une belle histoire et on sait tous à quoi servent les belles histoires : à cacher les moins belles. La seule chose qui est sûre, c'est qu'elle est morte le 16 janvier 1995 parce que c'est une date gravée dans le granit et aussi que sa fleur préférée était le mimosa.

J'en veux un peu à tout le monde mais beaucoup à personne. Je n'ai peut-être que 11 ans mais j'ai compris que les adultes font aussi comme ils peuvent. Que les silences se posent sur les douleurs inavouables. J'ai 11 ans et je suis dans une salle d'attente. J'espère juste que je n'attends pas pour rien. »

Je relève la tête et fais face à une trentaine de visages immobiles.

— Ben voilà. Ce n'était pas si difficile ! N'est-ce pas, Letellier ?

Je ne réponds pas et je retourne m'asseoir à ma place en faisant en sorte de ne croiser le regard de personne. Un silence de plomb règne dans la classe.

— Jamin ! Au tableau ! C'est à toi de nous raconter ton histoire maintenant.

Elle ricane. Victor se lève avec son air pétrifié et il raconte sa jolie histoire très mal écrite.

* *
*

— Alors tu n'as pas connu ta mère ?

C'est Marion, une fille de ma classe, qui me rattrape dans le couloir.

— Si. Mais je ne m'en souviens pas.

— Ah.

Elle marche à côté de moi en silence.

L'année dernière, Marcel a fini par tout me raconter. L'accident de voiture un soir d'hiver en rentrant du travail, le chauffard qui grille une priorité et qui renverse une voiture et avec elle, ma mère et l'équilibre du monde. J'avais 4 ans et demi. Il m'a demandé si j'avais des questions et j'en avais accumulé des dizaines et des dizaines depuis le temps, mais devant son air triste, je n'ai réussi à en poser aucune.

Il m'a dit « Viens » et on est partis au cimetière avec le C15 rouge. On s'est arrêtés en chemin, il a coupé quelques branches de mimosa avec ses grosses mains, ses mains ridées, tachées, abîmées, ses mains qui ont souvent eu froid et je me suis demandé si nos mains étaient à l'image de nos cœurs. Ce jour-là j'ai pensé que oui.

Une fois arrivés, on a passé le petit portail en fer et j'ai tout de suite remarqué qu'il n'a pas eu à réfléchir sur le chemin à emprunter. Je me suis demandé s'il venait ici souvent et pourquoi il ne m'avait jamais amenée avec lui, avant. Mais là non plus je n'ai rien dit.

Marcel a déposé le mimosa sur une tombe qui m'a paru minuscule au milieu des grands caveaux familiaux. J'ai lu Virginie Letellier. 22 novembre 1967 – 16 janvier 1995. J'ai calculé l'âge dans ma tête mais je n'en ai rien conclu car les adultes paraissent toujours trop vieux. Sauf quand ils arrêtent de vieillir à 27 ans.

Marion est toujours là quand je franchis la porte de la salle de classe pour le cours de mathématiques de M. Segura. Elle s'assoit à côté de moi et commence à sortir ses affaires.

— C'est ma seconde sixième. J'ai redoublé. J'avais déjà Guillot en français l'année dernière. C'est pas pour rien si tout le monde l'appelle Guillotine. Elle aime bien appuyer là où ça fait mal. Trancher des têtes. Tu vois Karaba la sorcière ?

— Pas vraiment, non…

— *Kirikou*, le dessin animé. Bon eh bien, la sorcière, si elle est méchante c'est parce qu'elle a une épine plantée dans le dos et qu'elle souffre. Guillotine c'est pareil. Elle est malade. Un truc incurable, je crois. Enfin, si tu veux mon avis, c'est pas une excuse. L'année dernière, elle s'en est prise au fils d'une prof qu'elle n'aimait pas. Mais toi c'est pas pareil, je crois.

Elle fait une pause et me regarde quelques secondes, comme si elle analysait la situation.

— Toi, tu écris bien. Tu as du talent. Ça l'énerve autant que ça la fascine.

Chapitre 5

2004

J'ai 13 ans. Je ne chante plus et n'écoute plus de musique. Parfois mes doigts pianotent en rythme sur une table ou un cahier, mais dès que je m'en aperçois, j'arrête. Le mercredi après le collège, je vais à l'athlétisme. Je cours autour d'une piste avec d'autres enfants qui courent autour d'une piste. Un jour où j'arrive en avance à l'entraînement, j'entends le prof dire que les têtes vides sont toujours les plus rapides. Et il ricane. De tous les enfants du groupe, c'est moi qui cours le plus vite. À partir de ce moment-là, j'irai passer chaque soir deux heures à la bibliothèque.

Plus je cours vite, plus mes notes augmentent.

Un jour, pendant la récréation, une fille de ma classe dit que l'athlétisme est le sport de ceux qui n'ont rien. Personne ne relève, personne ne s'engouffre dans la faille et je prétends ne pas y prêter la moindre attention. Mais je sais que ce qu'elle dit n'est pas sans fondement. Je sais que j'ai choisi le sport pour lequel il ne faut rien d'autre que ses jambes et des chaussures, et que même ça, c'est parfois compliqué. Mes chaussures ne changent pas aussi vite que mes pieds grandissent.

Cette fille s'appelle Julie. Elle n'a pas de sac à dos, mais un grand sac à main dans lequel elle fourre ses cahiers et ses paquets de cigarettes qu'elle achète avec son argent de poche. Elle a aussi des Tic-Tac, les blancs à la menthe fraîche. Elle s'asperge d'un parfum à la vanille acheté chez Yves Rocher pour masquer l'odeur des cigarettes. Ce mélange de tabac et de vanille, partout où j'irai, pendant des années, ce sera elle. Julie. Elle a deux mèches qu'elle laisse tomber de part et d'autre de son visage, elle fait volontairement dépasser les bretelles de ses soutiens-gorge, elle va chez l'esthéticienne se faire épiler les sourcils, elle fait du modern jazz chez Sabine qui tient une école de danse en centre-ville et elle prend des positions de classique quand elle discute dans la cour. Elle prétend ne pas le faire exprès. Son père est avocat, l'avocat qui se présente régulièrement sur les listes électorales et dont le nom est connu par tout le monde en ville. Même par Marcel qui ne connaît pourtant personne. Chaque fois qu'il entend parler de lui, il répète que c'est un pourri et je ne comprends alors pas ce que cela veut dire. Julie est populaire, elle possède tout ce dont un adolescent peut rêver à cette époque-là. Elle possède même ce que tout le monde a et que je n'ai plus.

Je n'envie pas Julie. Du moins pas encore.

* *
*

C'est l'été et le Tour de France passe dans le centre-ville. Marcel m'en parle depuis des semaines, il ne veut rater cet événement pour rien au monde. On part de l'appartement à pied parce qu'il va être impossible de se garer, et je n'ai jamais vu un homme de cet âge marcher à cette allure. Pourtant, on a deux heures devant nous pour parcourir les neuf cents mètres qui nous séparent de l'emplacement stratégique que Marcel nous a dégoté. Il fait chaud mais il a tenu à mettre sa chemise des grandes occasions, celle que je trouve un peu ridicule sans oser le lui dire. Je n'ai pas envie d'être là mais j'y suis quand même, parce que j'ai encore moins envie de l'imaginer tout seul au bord de la route.

Les caravanes publicitaires arrivent et une légère tension traverse le vieil homme. Il s'avance sur le trottoir, il a 77 ans mais il pourrait tout aussi bien en avoir 6. Aux fenêtres de ces voitures colorées, de jeunes femmes en robes courtes et aux sourires figés balancent des magnets, des bobs et des paquets de bonbons de la même manière que j'ai vu des fermiers lancer de la nourriture à leur bétail dans un reportage à l'école.

Et les gens se jettent presque à terre pour les récupérer. Marcel se tient droit, les mains dans son pantalon en toile, se balançant de temps en temps sur la pointe des pieds. J'observe la foule devenir folle pour ces gadgets inutiles qui ont l'unique caractéristique d'être gratuits et je me souviens m'être dit « pas nous ». On n'a rien, mais on sait être dignes. Cette pensée me rassure.

C'est à ce moment-là qu'un rond en plastique blanc et bleu sur lequel est dessinée une tête de vache rouge roule à quelques mètres des pieds de Marcel et que je le vois sortir de son corps pour se jeter dessus, trébucher presque, bousculer légèrement son adversaire, un petit garçon d'à peine 6 ans.

Je baisse aussitôt les yeux. Je me dis que si je ne le regarde pas trop longtemps, ce moment ne s'ancrera peut-être pas dans ma mémoire.

Aujourd'hui encore, je m'en souviens comme si c'était hier.

Marcel tient le magnet entre ses doigts, le visage illuminé. Il a l'air d'être ailleurs, dans un souvenir peut-être et, doucement, je le vois revenir à la réalité avec cette prise de conscience qu'ont ceux qui sortent d'un état hypnotique.

Sur le chemin du retour, je n'ai pas dit un mot. J'ai pensé, l'enfant que l'on a été ne quitte jamais l'adulte que l'on devient. J'ai pensé, tous nos manques survivent. J'ai pensé à Julie. Et je me suis demandé s'il y avait des combats perdus d'avance.

En arrivant à l'appartement, Marcel a collé la vache sur le frigo et j'ai dit que je descendais prendre l'air. Dans l'escalier, j'ai croisé la voisine du dessous. Elle m'a tendu une lettre, elle ne m'en avait pas tendu depuis deux ans. Sans un mot, je l'ai attrapée et je suis sortie aussi vite que j'ai pu. Cette fois j'étais décidée à l'ouvrir.

« J'ai déménagé à Paris. Quand est-ce que tu viens me voir ? »

* *
*

D'abord l'idée m'énerve. Il me suggère de venir à Paris comme il me proposerait de le rejoindre au bout de la rue avec cette désinvolture de ceux qui n'ont à se soucier de rien. Mais comment je fais, moi, pour aller à Paris ? Avec quel argent ? Je ne pense pas une seconde que le problème c'est aussi de n'avoir que 13 ans. Tout ce que Marcel me refuse, tout ce qu'il nous est impossible de faire, c'est à cause de l'argent. C'est la seule barrière dont j'ai vraiment conscience. La seule dont il me parle vraiment.

Je suis assise sur une des chaises en formica orange de la cuisine, la lettre pend au bout de mes doigts et je fixe le mur en face de moi. Je réfléchis. Je réfléchis mais pas tant que ça car mon regard croise celui de la vache rouge aimantée sur le réfrigérateur et je ressens à nouveau la honte que j'ai éprouvée tout à l'heure.

Ce jour-là dans cette petite cuisine d'une petite ville de province, je me fais la promesse de peut-être manquer de tout. Mais jamais, jamais d'audace.

* *
*

Le samedi suivant, je suis à la gare. J'imagine que prendre un train sans billet est aussi simple que prendre un bus sans ticket. Et ça l'est. Je monte dans la voiture 12 située voie A, je m'installe dans un compartiment vide et j'attends. Le train démarre et, dans le brouhaha des roues qui grincent sur les vieux rails, ma peur disparaît. Il n'y a plus rien à faire à présent. Plus de décisions à prendre ni de doutes à avoir. Il faut juste faire en sorte que tout cela ne tourne pas au fiasco. Je ne croise personne jusqu'au changement en gare de Tours.

Là, je me faufile entre les gens, suis les indications en lettres jaunes sur les panneaux d'affichage et me rassieds dans un wagon, identique au précédent. Si tout se passe bien, dans une heure et vingt minutes je serai à la gare Montparnasse, à Paris.

Un contrôleur arrive. Je fais semblant de dormir mais le sommeil des gens ne fait pas partie de ses préoccupations. Il veut mon titre de transport. Je dis : « Oui oui, tout de suite, attendez, je le cherche. » Il attend. Il n'a pas l'air de douter de ma bonne foi. Ça aussi ça faisait partie du plan, mettre mon chemisier, celui dans lequel je ressemble à un enfant de chœur. Marcel fait la même blague chaque fois que je le mets : « Si tu vas à la messe, demande-Lui un peu de beurre. Je m'occupe des épinards. »

Je l'ai trouvé par terre, dans le gymnase du collège. J'aime bien la dentelle autour du col mais ce que je préfère, c'est l'étiquette avec un prénom écrit dessus. Cassandre D. Imaginer que l'on puisse prendre soin de quelqu'un au point de marquer ses affaires, ça me bouleverse. À côté, la dentelle n'a pas beaucoup d'importance. Le contrôleur est toujours là.

— Ma mère est allée chercher un café. Elle a dû les prendre avec elle. Je peux la retrouver si vous voulez.

— Je t'attends ici.

Je souris poliment et sors de ma place en prenant mon temps.

— Tu peux laisser ton sac à dos, je le surveille.

Cette phrase m'arrête net. Je n'ai pris aucun document d'identité et le seul argent que je possède est un billet de 5 euros qui se trouve dans la poche de mon pantalon. Il faudra bien que je retrouve un autre sac pour le collège, mais ça aussi, c'est secondaire. Non, ce qui me broie le cœur à cette seconde précise, c'est que le seul objet auquel je tiens vraiment se trouve à l'intérieur de ce sac.

La seule chose qui me reste d'elle. Et je n'ai pas d'autre choix que de le laisser là.

— Merci, monsieur.

J'avance sans me retourner. Je garde la tête droite mais je sens bien que tout est en train de plier à l'intérieur. Je marche et je me répète cette chose que j'ai entendu dire toute ma vie sans jamais vraiment la comprendre. Du moins jusqu'à aujourd'hui. « On n'a rien sans rien. » On n'a pas l'audace sans la prise de risque. On ne résout pas ses failles sans laisser un bout de son passé. Mais quand on a plus qu'une seule chose de sa mère, l'unique photo qu'il nous reste d'elle, n'aurait-il pas été possible de faire une exception ?

* *
*

J'arrive à Paris. Je passe sous le tourniquet du métro, j'emprunte la ligne 4 jusqu'à la station Réaumur-Sébastopol et je change ensuite pour la ligne 3 jusqu'à Villiers. J'ai appris l'itinéraire comme on apprend une poésie, alors je récite.

Quand je refais surface à l'air libre, je demande à un passant de m'indiquer le chemin pour la rue des Dames. Je marche en répétant les consignes, gauche, droite, gauche puis traverser à la boulangerie et garder la droite. Au bout de cinq minutes, j'arrive devant le numéro 73. Un grand bâtiment de cinq étages, avec des jardinières aux fenêtres. Il y a un code que je n'ai pas alors je m'assois sur le trottoir et j'attends. Une dizaine de minutes plus tard, une femme en tablier sort pour jeter un seau d'eau dans le caniveau. J'en profite pour me faufiler à l'intérieur. Une deuxième porte fait barrage mais, cette fois, il y a un interphone. J'appuie sur les flèches jusqu'à arriver à la lettre J, je prends une grande inspiration avant de presser le bouton « appel » lorsqu'au même moment, la lumière des parties communes s'allume. Un garçon dans un short bleu, des chaussettes rouges montées jusqu'aux genoux et un sac de sport sur l'épaule dévale l'escalier. Il lève la tête et quand ses yeux croisent les miens, pendant une seconde, je le regarde sans le reconnaître. C'est une seconde unique, celle où l'on accède furtivement aux visages neutres de ceux qui nous sont familiers. Une seconde pendant laquelle aucun sentiment ne vient interférer dans notre perception. Et puis c'est terminé. Maxime sourit et puis il ne sourit plus, et je comprends qu'il m'a souri comme il le ferait à la gardienne ou à la caissière de l'épicerie du coin. Il m'a souri par politesse, lui aussi pendant cette seconde infime, cette seconde suspendue qui nous rappelle que le monde est peuplé d'inconnus que l'on a un jour croisés plus longtemps que les autres.

Il regarde derrière lui puis m'attrape le bras et m'entraîne dehors.

— Tu aurais dû me prévenir.

Je fronce les sourcils et récupère mon bras.

— La lettre serait arrivée après moi.

— J'ai un téléphone maintenant. Ça rassure ma mère quand je vais jouer au foot.

Il sort de sa poche un petit boîtier en plastique bleu marine.

— Regarde, il y a même un jeu dessus ! Il faut manger les pommes en évitant que le serpent ne se morde la queue.

— C'est bien.

Il lève la tête de son écran et range le téléphone dans son sac.

— Comment tu as fait pour venir ?

— J'ai pris le train.

— Tu m'accompagnes au foot ? C'est mieux si ma mère ne te voit pas ici…

Il change de sujet.

— Pourquoi tu as arrêté de me répondre ? J'ai cru que tu avais déménagé, mais ma tante m'a assuré que non.

— Elle a dit quoi ta mère dans la voiture, le jour où elle est venue te chercher ?

Il rit de bon cœur.

— Elle m'a passé un sacré savon. C'était prévisible, non ? Parfois, la nuit, elle vient encore vérifier si je respire… Tu as faim ? Tu veux manger quelque chose ? Là, regarde, suis-moi, le meilleur croissant du quartier.

Et avant que je n'aie le temps de répondre, il s'engouffre dans une boulangerie et en ressort avec un sachet qu'il me tend.

— Ton grand-père va bien ?

— Oui, ça va. Il tient le coup.

— C'était cool ces étés… il faudrait que je revienne, mais je vois pas trop comment convaincre ma mère… T'as sans doute l'impression qu'elle a lâché du lest, mais tout est super millimétré. Attends. D'ailleurs.

Il jette un œil à sa montre.

— Je devrais déjà être arrivé au terrain. Il faut que je la bipe.

Je le regarde appuyer sur les touches de son téléphone, le poser contre son oreille et je trouve qu'il a changé. Il a grandi bien sûr, mais il semble surtout avoir gagné en assurance.

— Voilà, dit-il en raccrochant. Une bonne heure de répit. Qu'est-ce qu'on disait ?

Il plonge son regard dans le mien et pendant une seconde il ne dit rien.

— T'as pas trop changé. Tu chantes toujours ?

— Non.

— Ah, c'est dommage…

— Et toi la guitare ?

— La guitare, le piano, le foot, l'anglais… Je n'ai rien arrêté. Au contraire. Une technique qu'a trouvée ma mère pour toujours savoir où je suis.

On marche côte à côte sans rien dire. On regarde tous les deux droit devant nous et ça me fait penser à Marcel qui m'entraîne faire un tour dans son C15 chaque fois qu'il a quelque chose d'important à me dire. L'habitacle de la voiture, les kilomètres qui défilent et la route devant nous, c'est le meilleur moyen qu'il a trouvé pour parler sans croiser mon regard.

— Je ne pensais pas que tu viendrais pour de vrai.

— Il ne fallait pas le proposer alors.

— Ce n'est pas ce que je veux dire. Je suis content que tu sois là. Vraiment content. Mais tu te rends compte ? Je ne peux pas faire cent mètres en dehors des radars de ma mère.

Il fait une pause.

— Dès le début, j'ai su que tu serais la personne la plus courageuse qu'il me serait donné de rencontrer.

Je songe à la tournure de sa phrase, à sa manière si élégante de s'exprimer, déjà. Je pense à Marcel, à son accent de la campagne, à sa façon de rouler les « r » et à ses gros mots qui ponctuent la plupart de ses phrases.

— Le courage, ça ne signifie rien. Marcel dit toujours que le courage sans la peur, c'est juste de la bêtise.

— Et alors, tu as peur ?

— Non.

Il me scrute comme s'il essayait de lire dans mes pensées et je soutiens son regard par provocation. Jamais il ne saura que si je suis là, c'est pour éloigner l'adulte qui m'attend au bout de mon enfance. Jamais il ne saura que si je suis venue ici, c'est parce que je suis pétrifiée à l'idée qu'un jour je pourrais me jeter à terre pour un magnet qui roule sur le sol parce que j'aurais manqué de tout.

* *
*

J'éteins les bougies en pinçant la mèche entre mon pouce et mon index.

J'attrape les poissons à pleines mains pour ôter l'hameçon quand Marcel m'emmène pêcher avec lui.

Je réponds toujours « non » à la question : « Tu as mal ? »

Je prétends ne pas craindre les chatouilles aux pieds.

Je réponds toujours « non » à la question : « Tu as peur ? »

Je ne sourcille pas quand je vais chez le dentiste et que c'est très douloureux.

Je réponds toujours « non » à la question : « Tu veux qu'on arrête si c'est trop dur ? »

Je saute du plus haut plongeoir à la piscine municipale.

Je réponds toujours « non » à la question : « Tu veux que je t'aide ? »

Je descends chercher une bouteille à la cave même quand il fait nuit, en plein hiver.

Je ne pleure pas.

Je mets les araignées dans une boîte pour les relâcher à l'extérieur. Je capture les lézards, les souris et les grenouilles.

Je monte sur le manège que tout le monde redoute à la fête foraine.

J'ai peur presque tout le temps.

* *
*

— Tu m'accompagnes jusqu'à la gare ?

— Je... heu...

Un éclair de panique traverse ses yeux. Je fais semblant de ne pas le remarquer, de ne pas comprendre où est le problème. J'attends. Je veux qu'il le dise, qu'il se cogne à ses problèmes d'enfant trop aimé pour que le monde s'équilibre le temps d'une seconde.

— Alors ?

Il baisse la tête et murmure quelque chose de quasiment inaudible mais que j'entends parfaitement.

— T'as dit quoi ?

— Je ne peux pas, c'est trop risqué.

— D'accord, dis-je en hochant la tête. À plus alors.

Je descends les marches qui mènent au métro.

— Tu ne peux pas comprendre ce que c'est d'avoir une mère...

Je me fige comme si quelqu'un m'avait tiré dessus. Je me retourne et le regarde droit dans les yeux.

— Peut-être que le courage sans la peur c'est de la bêtise. Mais la peur sans rien d'autre, c'est juste de la peur, Maxime. Si t'as trop peur pour vivre, c'est ton affaire. Mais ne viens pas abîmer la vie des autres si la tienne est complètement pourrie.

Chapitre 6

2005

J'ai 14 ans. Marcel préfère qu'on ne se fasse pas remarquer. Il n'aime pas être en retard, ne veut pas que l'on parle trop fort en public et sursaute quand une secrétaire prononce son nom dans un cabinet médical. À côté de ça, je n'ai jamais entendu personne faire autant de bruit en mangeant sa soupe.

Quand je lui demande de me parler de son enfance, il répond toujours la même chose.

— Qu'est-ce que tu veux que je te dise ? On n'avait rien.

Et puis il hausse les épaules.

Mais ce jour-là, je ne lâche pas. J'ai envie d'en savoir plus, une bonne fois pour toutes.

— Mais j'sais pas, raconte un peu. Tes parents, tes frères et sœurs, l'endroit où vous viviez. N'importe quoi.

Il pousse un long soupir.

— J'habitais dans une vieille ferme située en haut d'une colline. Mes parents faisaient un peu de tout. De la volaille, des cochons, un potager, quelques pieds de vignes. Le premier voisin était à plus de cinq cents mètres. Pour aller à l'école, il fallait marcher jusqu'au village, trois kilomètres, qu'il pleuve ou qu'il neige. De toute façon, je n'y suis pas allé longtemps. J'avais six frères et sœurs et je suis le dernier. Quand je suis né, l'accoucheuse a dit à ma mère : « C'est un garçon ! » Et elle a répondu : « Je m'en fous. » Elle avait 40 ans passés et tu te doutes bien qu'à cet âge... Enfin bon. Ce n'était pas comme aujourd'hui. Souvent les enfants arrivaient quand on ne les attendait pas.

Il s'arrête puis ajoute :

— Mais tu sais, avec mes frères et sœurs, nous étions toujours servis en premier. Je n'ai jamais eu faim.

Je crois que c'était sa seule preuve d'amour.

* *
*

Marcel dit que l'on vient d'un milieu modeste. Il dit qu'on n'a pas à se plaindre mais enfin, on ne serait pas contre avoir un peu plus. Quand je lui demande ce qu'il aimerait avoir qu'il n'a pas, il ne sait jamais quoi répondre. Il répète : « Un peu plus », en haussant les épaules. Même ses rêves manquent d'ambition. C'est ce que je lui ai dit l'autre jour. Il a eu cet air triste qui me fait toujours culpabiliser, puis il m'a dit : « Les rêves ça sert à rien. Ça fait juste se casser la gueule. »

Le soir, j'ai cherché le mot « modeste » dans un dictionnaire. Je fais toujours ça quand quelque chose m'énerve. C'est notre professeur de français M. Dauguet, qui nous répète sans cesse que le savoir c'est le pouvoir et que pour changer les choses, il faut d'abord les comprendre.

Alors, pour chaque mot, je lis toutes les définitions. Celle qui dit que modeste c'est être peu exigeant – *être modeste dans ses prétentions*. Celle qui dit que c'est ce à quoi on attribue peu d'importance – *un modeste présent*. Et puis celle qui dit que c'est être discret, simple, sans éclat, une absence de richesse – *un milieu modeste*. Je referme le vieux Larousse et je pense à Marcel qui reste dans son milieu modeste comme un poisson reste dans son milieu aquatique. Sans le questionner. Dans ce confort qui empêche. Dans son « un tiens vaut mieux que deux tu l'auras » qu'il répète sans cesse.

On n'a pas à se plaindre, alors je ne me plains pas. Mais si on me posait la question, si on me demandait à moi ce que j'aimerais avoir que je n'ai pas, je saurais quoi répondre. Et je sais aussi que j'irai le chercher.

* *
*

Un soir en rentrant des cours, je trouve la porte d'entrée entrouverte. Cela arrive de plus en plus souvent à Marcel. Ces absences. Ce sont de petits détails, presque rien, un glissement progressif qui pourrait passer inaperçu si je n'y prêtais pas autant attention. Le code de sa carte bleue, les clés du C15, un mot qui lui échappe et qu'il n'arrive plus à retrouver... Il y a de plus en plus de « trucs » dans ses phrases et j'ai parfois l'impression que nos conversations sont de grands textes à trou.

* *
*

Je cours de plus en plus vite, mais mes notes, elles, stagnent. Je n'ai pas envie de lire les livres que l'on me demande de lire, je ne vois aucun intérêt dans les mathématiques et encore moins dans les sciences. Le monde me paraît être tel qu'il est et c'est très bien ainsi.

L'autre jour, un sélectionneur est passé à l'entraînement. Je le savais, c'était prévu mais j'ai oublié. Les autres, en revanche, s'en souvenaient parfaitement. Il y avait une sorte de tension dans les vestiaires, tout le monde avait sorti sa meilleure tenue. Celle qui porte chance ou celle qui ne laisse aucune prise au vent. C'était marrant de voir ce en quoi les gens croient le plus. Moi, je ne crois pas en grand-chose alors j'ai la même tenue. Celle qu'il faut laver d'une semaine sur l'autre.

On a fait le même entraînement qu'à chaque séance, sauf que le coach se prenait tout à coup au sérieux. Il frappait dans ses mains et hurlait ses consignes du bord de la piste alors que normalement, il se contente d'écrire quelques exercices sur un tableau avant de s'asseoir dans les gradins. J'ai couru comme toujours et c'est ce que j'aime dans la course. Cette constance. Le fait qu'il n'y ait pas grand-chose à faire et que, de toute façon, on ne peut compter que sur soi-même.

L'hiver, c'est ma période préférée de l'année pour la course. Sur les terrains voisins, on entend l'équipe de foot. Des coups de sifflet, quelques cris, mais rien de plus. Le froid et la nuit éteignent le volume des villes. Je sens mes muscles, d'abord figés par les températures hivernales, se réveiller doucement. J'aime bien cette souffrance douce, sentir l'oxygène brûler l'intérieur de ma poitrine, être dehors et penser à tous ceux qui sont au chaud.

Quelques minutes avant la fin de l'entraînement, le sélectionneur est allé trouver Jean-Pierre. Je l'ai vu lui donner une feuille de papier pliée en quatre, puis lui serrer la main avant de quitter le stade.

Jean-Pierre nous rejoint dans les vestiaires. Il ne dit rien, il se contente d'avancer vers le tableau magnétique et d'accrocher la feuille dépliée à l'aide d'un aimant.

— Voilà, dit-il. La liste des sélectionnés pour l'équipe régionale.

Et il repart en claquant la porte. Sur le papier qui nous fait face, il n'y a qu'un nom : Billie Letellier.

* *
*

L'athlétisme devient ma raison de vivre. J'ai ce nouveau rêve et je m'y accroche de toutes mes forces : je veux être la fille la plus rapide de France. Alors, tous les soirs après les cours, je prends un train régional qui m'amène à vingt minutes de chez moi, dans la grande ville d'à côté. Je m'entraîne avec des filles qui ont elles aussi ce rêve que l'on poursuit ensemble à toute vitesse sans pour autant pouvoir le partager.

Dans cette nouvelle équipe, je suis la moins rapide. Je manque de connaissances, de techniques, mais aussi d'endurance et de puissance. J'ai parfois l'impression d'être dans cette sélection sur un malentendu. Je me sens ridicule avec mes baskets usées et mes tee-shirts publicitaires. Je ne fais pas de commentaires. Je vais aux entraînements avec la boule au ventre mais j'y vais tout de même car si y aller c'est se cogner à la réalité de mon rêve, c'est aussi le seul moyen de le toucher du doigt. J'ai conscience que je dois travailler plus que les autres pour rattraper mon retard. Alors peu importe qu'il pleuve des cordes, que mes muscles me torturent ou qu'un dernier appui ait fait vriller ma cheville : je monte dans ce train pour rejoindre la piste. Je ne triche pas. Je ne démarre jamais avant le coup de sifflet, je n'arrête pas de courir avant d'avoir franchi la ligne, je fais les pompes ou les abdos que l'on me demande de faire et quand je suis trop fatiguée pour continuer, je continue. J'ai envie d'abandonner, mais c'est impossible. Je ne peux pas. Je ne peux pas être du côté de ceux qui laissent tomber car je ne sais pas faire : j'ai toujours été de celui des abandonnés.

Chaque jour d'été, je vais courir plusieurs kilomètres autour d'un terrain de foot situé à côté de mon ancienne école. Là-bas, rien n'a changé. Il y a toujours ce mur qui encercle le terrain rectangulaire et sur lequel se trouve un tag qui représente Michael Jordan dans son maillot des Chicago Bulls. Une phrase y est écrite et je la lis à chacun de mes passages : « Le sport te sauve. »

J'ai tellement lu ces mots que quand arrive le mois d'août, je les prononce parfois dans ma tête, sans raison, sous la douche ou en marchant dans la rue.

À cette époque, je trouve qu'elle ne veut rien dire, cette phrase. « Le sport te sauve. » Qu'est-ce qu'il attend pour le faire, alors ? Je ne comprends pas que chaque tour de terrain est déjà une délivrance.

Je ne vois pas que je fais de l'athlétisme comme si ma vie en dépendait. Que je pleure quand je ne termine pas sur le podium, que je me jette en avant pour franchir la ligne d'arrivée et que je mange religieusement un plat de pâtes la veille de compétitions importantes.

Je ne réalise pas que si je ne fume pas, c'est parce que je cours. Que si je n'erre pas sans but devant le collège, c'est parce que je dois aller m'entraîner. Que si je ne bois pas d'alcool, c'est parce que je repousse déjà mes limites.

J'ai 14 ans et je ne sais pas encore ce qui nous construit dans la vie. Mais j'aperçois ce qui nous sauve.

* *
*

Un jour d'été, en descendant les escaliers, je remarque qu'un garçon est assis sur l'une des marches. Quand il me voit, Maxime se lève d'un bond comme s'il avait pris une décharge électrique. Ça fait plus d'un an depuis notre dernière rencontre et je suis toujours surprise de le reconnaître en une seconde, lui que je ne connais pourtant pratiquement pas.

— On va faire de l'apnée-trains ? dit-il en souriant.

* *
*

Sous la rambarde, nos cuisses n'ont presque plus assez de place pour se glisser. La fin de l'enfance se mesure sans doute aussi là, à ces espaces dans lesquels on insiste encore un peu.

— T'es sûr que ta mère n'a pas prévenu la police ?

Il regarde son poignet et prétend lire l'heure sur une montre qui n'existe pas.

— On a encore cinq minutes devant nous.

Il sourit avant de retrouver son sérieux.

— Ma tante m'a filé un coup de main.

— C'est-à-dire ?

— Elle lui a dit que tu avais déménagé. Elle pense que tu es une mauvaise fréquentation.

— Pourquoi ce serait moi, la mauvaise fréquentation ?

— Il ne faut pas lui en vouloir. Elle est… elle est comme ça.

Ce « c'est comme ça » accompagné d'un haussement d'épaules, je l'ai entendu toute ma vie chez mon grand-père. Pour Marcel, il n'y a pas de lutte, pas de rancœur, pas d'injustice. J'imagine qu'il se sent chanceux d'avoir un toit sur la tête et une assiette pleine le soir, en rentrant chez lui.

Maxime m'observe en souriant. Ça se voit qu'il va dire quelque chose mais qu'il hésite tout de même à le faire.

— Pourquoi tu es si en colère, Billie ?

* *
*

Le soir même, je lui donne rendez-vous en bas de l'immeuble. Cette fois, sa tante est au courant et on a la permission de minuit. « Minuit et pas une minute de plus », elle précise en passant sa tête à travers la fenêtre, avec un regard qu'elle voudrait menaçant. On lui promet et puis on part. Aucun de nous deux n'a de montre.

Il y a un bar sur une petite place qui, chaque soir d'été, fait venir un orchestre. Je n'y suis jamais allée mais je sais que des élèves de mon collège y vont : une ligne de scooters et de mobylettes est garée sous les peupliers. On s'installe à une table en inox et on commande deux cocas que l'on sirote en examinant les gens qui se trouvent autour de nous. C'est la première fois que je prends un verre dans un bar. Marcel ne voit pas l'intérêt : pourquoi irait-on boire un verre dehors alors qu'on a tout ce qu'il faut à la maison ?

Il n'y a pas vraiment de scène, juste une grande bâche au sol, sur laquelle une femme chante d'une voix rocailleuse, accompagnée d'un guitariste et d'un batteur. Les chansons s'enchaînent et je n'ai pas la moindre idée de ce que nous nous racontons. À un moment, Maxime me dit à quel point sa vie à Paris ne ressemble pas à celle que j'ai ici. À quel point je suis libre, comparé à lui. À quel point je suis différente. Je comprends que ce mot, c'est un équilibriste de la langue. Il peut tomber d'un côté ou bien de l'autre et ce n'est pas du tout la même chose. Maxime glisse la paille entre ses lèvres, avale une nouvelle gorgée et puis regarde ailleurs.

C'est à ce moment que je la vois arriver : Julie. Elle tient un casque dans une main, une cigarette dans l'autre et semble chercher quelqu'un parmi la clientèle éparse. Sûrement Jade dont elle ne se sépare jamais, même pour aller aux toilettes. Quand elle passe à côté de nous, elle s'attarde sur Maxime et je ressens quelque chose de nouveau, un sentiment que je ne connais pas et qui me dérange. Elle me fixe une demi-seconde, me sourit brièvement avant de basculer à nouveau sur Maxime.

— C'est qui ? demande-t-il une fois qu'elle s'est éloignée.

— Une fille de mon collège.

Je n'ajoute rien de plus. Je ne dis pas qu'elle habite dans cette grande maison cachée derrière de hautes grilles, avec un immense jardin et des rosiers parfaitement taillés. Je ne dis pas qu'elle fume parfois des clopes avec les surveillants du lycée comme si elle était l'une des leurs. Je ne dis pas qu'elle est dans les petits papiers de toute la ville, à commencer par ceux du maire auprès de qui elle vient de faire son stage de troisième pendant que moi j'effectuais le mien à la boulangerie. Je ne dis rien qui puisse faire penser à Maxime que, même en ne lui ayant jamais adressé la parole, il est sans doute plus proche d'elle qu'il ne le sera jamais de moi.

Il tourne la tête et considère Julie qui est assise quelques tables plus loin. Au même moment, la chanteuse entonne une nouvelle chanson. Cette chanson qui, six ans plus tôt, avait résonné dans mes oreilles à travers la mousse d'un casque de Walkman et avait bouleversé toutes mes croyances. Maxime me regarde. Nous n'en avons jamais reparlé mais je sais, à la manière qu'il a de me dévisager, qu'il se souvient.

— J'aime beaucoup cette chanson. Chaque fois que je l'écoute, elle me fait penser à toi. Tu la chantais bien.

Mes yeux ne quittent pas cette femme derrière son micro. Un court instant, je m'imagine à sa place, en train de chanter, et je me demande quel sentiment cela procure, d'être le centre de l'attention. Je chasse aussitôt l'idée mais une pensée persiste. Pour la première fois de ma vie, je suis tiraillée entre deux envies contradictoires : celle de ne pas me faire remarquer et celle de ne surtout pas passer inaperçue.

— On y va ?

— Où ça ?

— Je sais pas. Ailleurs.

Maxime sourit.

— T'es sûre ? La dernière fois que tu m'as proposé quelque chose dans le genre, on a eu des problèmes.

Je me lève.

— Alors ?

— Alors il est hors de question que tu fasses un truc cool sans moi.

Je marche sans avoir la moindre idée de l'endroit où l'on va. J'ai désormais l'obligation de faire un truc « cool », mais j'ai l'impression de ne pas savoir ce qui peut l'être. Le plus clair de mon temps, je le passe à courir autour d'une piste ou à parler à un vieil homme qui pense que personne n'a jamais foutu les pieds sur la Lune. Je n'ai pas de grande sœur pour me montrer ce qui est à la mode ou sur le point de l'être et on n'a toujours pas de télévision. Un jour quelqu'un m'a dit que j'étais comme l'un de ces personnages des livres *Chair de poule*, « avec toute cette brume autour ». Je les ai tous lus, mais je n'ai pas compris tout de suite ce qui fascinait tant les autres. Maintenant je sais que c'était ce mystère. Ce mystère autour de cette tragédie qui semblait un jour avoir traversé ma vie.

— Je sais où on va aller.

Quelques minutes plus tard, on arrive devant une église et Maxime rit avant de comprendre que je ne blague pas.

— Il paraît qu'il y a une crypte et que l'une des portes qui y mènent est parfois ouverte. C'est ce qu'il se dit au collège en tout cas.

Il ne bouge pas alors j'avance, je pose ma main sur le mur de la bâtisse et je tourne autour comme j'ai appris qu'il fallait le faire pour sortir d'un labyrinthe. À l'arrière, une petite porte en bois se trouve en bas de quelques marches et j'imagine que c'est de celle-là que tout le monde parle. Je tire sur la poignée, un « u » vertical en fer rouillé, mais rien ne se passe. La porte est fermée. De l'autre côté, il y a sûrement un système de loquet qui se lève et se rabat, il suffirait de passer une règle dans l'interstice pour soulever ce bout de métal. Mais nous n'avons rien.

— Billie regarde. Elle ne doit pas être là par hasard.

Maxime me tend une fourchette qu'il vient de trouver entre deux pierres. Il me la tend comme pour me rappeler que c'est mon idée et que c'est à moi d'aller au bout, alors je la glisse dans la fente, doucement, du bas vers le haut, et je sens que je soulève quelque chose. En même temps je tire la porte et cette fois-ci, elle s'ouvre.

Je m'engouffre à l'intérieur sans hésiter alors qu'évidemment, j'hésite. Seuls quelques centimètres séparent nos têtes du plafond incurvé et l'obscurité est telle que nous ne voyons rien. Mais on avance. On respire ce mélange de poussière et d'humidité, cette odeur un peu rance qui existe dans les lieux où l'air tourne en rond sans jamais pouvoir s'en échapper. Au fond, tout au fond, on devine une fine ligne de lumière blanche comme posée sur le sol. Une deuxième porte sans doute. Du moins c'est ce que l'on espère tout en redoutant ce qui pourrait se trouver derrière. Cette fois, c'est Maxime qui tire sur la poignée et on se retrouve en face d'un escalier en pierres qui monte. La lumière provient de l'un de ces panneaux d'indication de sortie de secours, un bonhomme blanc qui court sur un fond vert.

Quand on arrive sur la dernière marche, on pose tous les deux nos mains sur le bois brut de la porte.

— À trois, on y va ?

— Un...

— Deux…

Je pousse, Maxime perd l'équilibre et s'étale sur le sol froid de la nef.

— Billie ! On avait dit trois !

— Chuuut ! Ne parle pas si fort.

L'église est déserte. Des bancs sont alignés de part et d'autre de l'allée centrale et mènent jusqu'à l'autel derrière lequel se trouve un orgue de taille moyenne. De grands vitraux colorés envahissent les murs de la nef, laissant entrer une lumière à la fois rougeâtre et bleutée. La lune sans doute, qui est quasiment pleine ce soir, ainsi que les nombreux réverbères qui encerclent l'édifice. J'avance vers une table sur laquelle se trouvent des dizaines de bougies dont certaines se consument encore et font des vagues sur son visage. Mon regard croise le sien et il ne tourne pas la tête.

— C'est bizarre d'être là… en pleine nuit.

— Ouais. Jour ou nuit, je ne rentre jamais dans les églises. Marcel dit que Dieu n'existe que pour ceux que ça arrange. Et que lui, ça ne l'arrange pas.

— Tu lui as demandé pour Billie Pretty ?

— Demandé quoi ?

— Je sais pas… Pourquoi il t'a fait croire qu'elle existait, par exemple.

Je ne réponds pas. J'avance vers le premier rang et je m'assieds là, en face de cette croix immense qui pourrait me tuer si elle venait à se décrocher. C'est à ça que je pense quand Maxime me rejoint et s'installe à mes côtés. D'abord il ne dit rien, et puis doucement, il attrape ma main gauche. C'est immédiat et c'est brutal : une décharge électrique traverse mon corps et vient éclater en plein dans mon cœur. Il prononce alors cette phrase, une évidence que j'ai jusque-là refusé d'entendre.

— Tu sais, quand on ment à un enfant, c'est forcément qu'on lui cache quelque chose.

Au même moment, une porte claque puis une voix s'élève.

— Il y a quelqu'un ?

Sans réfléchir, on se jette par terre comme si une bombe venait d'exploser. Dans notre précipitation, le banc sur lequel nous étions assis dérape sur la vieille pierre qui recouvre le sol et émet un bruit sourd.

— Répondez. Je sais que vous êtes là. Et surtout que vous n'avez rien à y faire.

La porte par laquelle nous sommes arrivés se trouve à quelques mètres seulement de nous. Maxime fait un décompte avec ses doigts et quand son majeur se dresse à côté de son pouce et de son index, on se met à courir jusqu'à la sortie. L'homme nous crie de ne pas bouger, de rester là, que c'est un ordre, mais on s'en fiche. On court, on court sans s'arrêter, dans l'escalier, dans la crypte et puis une fois dehors, dans les rues de la ville, on court et on rit parce qu'on sait qu'à présent plus rien ne peut nous arriver. On court parce que c'est la seule chose que je sais faire pour fuir tout ce qui me fait peur.

On arrive devant le parc et sans un mot, on escalade la grille. On se couche dans l'herbe, quasiment au même endroit que cinq ans plus tôt, et je me demande si l'univers se souvient lui aussi des répétitions. Celles que les corps n'oublient pas.

Au bout de cinq minutes, quand on commence enfin à reprendre notre souffle, Maxime se tourne vers moi, le coude planté dans l'herbe.

— Il faudrait qu'on se fasse la promesse de se voir au moins une fois par an. À tour de rôle. Un coup c'est toi qui viens, un coup c'est moi.

— Chaque été, par exemple ?

— Par exemple.

— Alors l'été prochain, c'est moi qui viens ?

— Oui.

— Et je dors où ? Chez mon oncle qui vit dans ton immeuble mais qui a le culot de ne pas exister ?

* *
*

Le lendemain, dans la cuisine, Marcel me demande ce que je veux faire plus tard. Il ne m'a jamais posé la question et cela suffit parfois à ne pas avoir de réponse. Face à mon silence, il reprend :

— Il te faudra bien un travail. Pas tout de suite bien sûr, mais tout de même, les choses arrivent plus vite qu'on ne le pense.

Marcel a travaillé toute sa vie à La Poste. Il y est rentré à 18 ans, un peu par hasard, grâce à sa sœur qui s'inquiétait pour lui et en a parlé à un voisin. Une main tendue qu'il n'a pas lâchée pendant plus de quarante ans. Quand j'étais petite, il disait fièrement : « Quarante-trois ans dans la même boîte » et j'imaginais une boîte dans laquelle on entrait jeune pour en sortir vieux.

Il y a une photo dans le tiroir de la grande commode, une photo en noir et blanc sur laquelle se trouve Marcel assis à une table et entouré de ses collègues. Il sourit timidement au milieu de ces hommes et de ces femmes dont certains ont presque trois fois son âge et qui, sans doute, sont morts aujourd'hui. Il semble être le centre de l'attention et j'ai toujours pensé que cette photo avait été prise peu de temps après son arrivée. Pour fêter son embauche en quelque sorte. On lit la fierté sur son visage alors qu'on devine la lassitude sur celui de l'homme qui le surplombe et qui lui tient fermement l'épaule. Marcel travaillait dans un bureau. Peu importe ce qu'il faisait, il avait quitté les champs, lui l'enfant de la campagne. L'enfant du je-m'en-fous.

Mais si cette photo me fascine c'est parce qu'il en existe une autre, presque similaire à un détail près : quatre décennies les séparent. Marcel est assis à une table, entouré de ses collègues, et il se tient à peu près dans la même position, comme si le temps s'était figé. Pendant quarante-trois ans. Les lunettes aux verres fumés, les moustaches, les cigarettes ont disparu et ils sont tous plus jeunes que lui. Marcel ne sourit plus timidement, il sourit comme un homme qui a trouvé sa place et qui explique aux autres comment faire fonctionner la machine à café, ouvrir la porte cassée des archives, utiliser le logiciel qui plante tout le temps. Il sourit comme un homme qui appelle toutes les personnes de son bureau par leur prénom.

Cette photo, je le sais, date du jour de son départ à la retraite. En un claquement de doigts, le jeune homme a disparu. Il a pris du poids, perdu quelques cheveux, vécu de grands bonheurs et de terribles déceptions. Deux photos prises en deux secondes mais entre lesquelles se trouve toute une vie. Une vie à la même place.

— Tu ne vas pas me dire que t'as pas une petite idée, quand même !

— J'sais pas. Peut-être chanteuse.

En une fraction de seconde, je vois son visage se décomposer. Ses traits se figent, ses yeux se crispent, sa bouche se pince. Marcel entre dans une colère sourde et silencieuse : son corps gronde et ses gestes éclatent dans des mouvements imprévisibles. Sa main droite frappe la table de la cuisine.

— C'est hors de question ! Tu m'entends, Billie ? Hors de question. Chanteuse, jamais de la vie. Tu vas faire comme tout le monde. Tu vas passer ton bac et puis tu iras à la fac, laquelle je m'en fiche mais tu iras à la fac, puisque c'est ce qu'il faut faire maintenant. Et puis tu deviendras fonctionnaire, prof, instit, ce que tu veux, ça, t'as le temps pour y réfléchir. Mais moi vivant, je ne te laisserai pas gâcher ta vie.

Et puis il s'en va. Jamais je ne l'ai vu aussi énervé.

* *
*

Le soir, avec Maxime, nous retournons sur la petite place pour prendre un verre en terrasse dans le même bar que la veille. La rangée de deux-roues est toujours là, le groupe de musique aussi et j'aperçois même Julie assise à une table avec Jade et trois autres filles du collège.

— Pourquoi tu ne l'aimes pas ?

— Hein ? Qui ?

— Cette fille. C'est quoi le problème ?

— Qu'est-ce que tu racontes. Je n'ai aucun problème.

— Humm, d'accord.

— C'est vrai !

— Mais je te crois, dit-il en souriant.

Je pousse un long soupir.

— J'imagine… j'imagine que je l'envie un peu.

Maxime ne répond rien. Il tourne à nouveau la tête en direction de la table où se trouve Julie et se met à l'observer.

— D'ici, tu n'as pas grand-chose à lui envier.

— Son scooter peut-être, dis-je pour tenter de le faire rire.

Il me fixe quelques secondes et balance sa tête sur le côté. Il boit une gorgée de coca, dépose son verre sur la table, puis il se lève sans un mot.

— Non, Max, attends ! Où tu vas ? Reste là !

Mais il s'en fiche. Je le regarde avancer d'un pas confiant jusqu'à la table de Julie, passer à côté d'elle, prétendre ne pas la voir et faire mine d'être surpris quand elle lui fait signe. Ils se mettent à discuter. Il a les deux mains enfoncées dans ses poches et elle tient sa position de danseuse étoile, les pieds en angle droit et le buste cambré. À cet instant précis, tout semble les opposer alors que j'ai toujours pensé le contraire. Il est relâché, elle paraît tendue. Julie détourne la tête une fraction de seconde et Maxime m'observe, un sourire au coin des lèvres avant de reprendre sa discussion comme si de rien n'était. Ils parlent. Encore. Jusqu'au moment où, sur la table à côté d'eux, des verres se renversent. Julie fait un bond en arrière mais il est trop tard. Sa robe crème est couverte de soda et évidemment, elle est horrifiée. Maxime lui tend une serviette puis il se baisse pour ramasser quelques bouts de verre qu'il pose délicatement sur un coin de table. Ils échangent quelques mots puis Julie file aux toilettes et Maxime revient vers moi en souriant. Lorsqu'il arrive à ma hauteur, il pose un billet sur la table.

— On y va ? dit-il en me tendant sa main.

— Tout de suite ?
— Il vaut mieux, oui.

J'attrape à peine ses doigts que déjà il me tire de ma chaise. Il marche d'un pas rapide et je le suis sans poser de question. Lorsque l'on arrive sous les peupliers, il sort un trousseau de clés qu'il fait balancer devant mes yeux. Je ne comprends pas pourquoi il arbore cet air triomphant jusqu'à ce qu'il se dirige vers les scooters et me demande quel est celui de Julie. Je pointe du doigt le rouge avec des autocollants fleuris et aussitôt, il l'enfourche.

— Tu montes ?
— Sur le scooter ?
— Tu préférais peut-être un cheval, princesse ?

Je lève un sourcil.

— Allez, monte… On l'emprunte juste.

Il tourne la clé et démarre.

— À moins que tu n'aies peur…

J'enjambe la selle du scooter et m'assois derrière lui. Juste avant qu'il n'accélère, je m'approche de son oreille pour le prévenir :

— Au retour, c'est moi qui conduis.

* *
*

Sur le chemin du retour, l'air chaud des nuits d'été glisse sur ma peau et me procure un délicieux frisson de liberté. Au premier virage, les mains de Maxime s'accrochent à mes hanches et je voudrais alors que la route n'arrête jamais de tourner.

À notre arrivée, rien ne semble avoir changé. On gare le scooter au même emplacement et déjà, le brouhaha mêlé à la musique de la petite place parvient jusqu'à nous.

— Tu vois, elle ne s'en est même pas aperçue, dit-il en observant les quelques tables encore occupées.

Je pense alors que je lui envie quelque chose dont elle se fout et cette pensée est un peu triste, mais je ne sais pas vraiment pour qui. Maxime se tourne vers moi et il fait ce geste qui semble le surprendre lui-même. Il passe sa main dans mes cheveux. Au même moment, une lumière bleue se met à clignoter sur son visage et une voiture de police se gare devant l'entrée du bar. Je grimace :

— Elle s'en est peut-être aperçue tout compte fait.

Maxime me regarde en souriant :

— Tu crois que notre histoire finira toujours comme ça ?

Je souris à mon tour.

— Oui.

— J'espère.

Chapitre 7

2006

J'ai 15 ans. J'ai été invitée par Marion et ses parents à partir en vacances avec eux dans un petit camping au bord de la mer. C'est la deuxième fois que je quitte Marcel pour une semaine. La première, c'était pour la classe verte en sixième.

Le jour du départ, les Leroy passent me chercher avec une caravane accrochée à leur Peugeot 607 et déjà, je trouve ça formidable, ce convoi qui paraît mesurer des kilomètres.

Le père de Marion s'appelle Patrick et sa mère Rosalie. Je me dis déjà qu'ils n'ont rien à faire ensemble. Il porte des chemisettes à carreaux et elle, des robes à fleurs avec des boutons-pression qu'elle passe son temps à faire et défaire. Je l'imagine tiraillée entre la chaleur et la bienséance et aussi par tout un tas d'autres choses. Je l'observe dès que je peux le faire. Ces grands yeux coincés entre une frange trop longue et un sourire trop forcé, ses cuisses pleines de vagues et ses seins qui semblent déborder de toute part. Elle a un petit sac à main duquel elle sort toutes les cinq minutes un miroir de poche pour se refaire une beauté. Elle repoudre ses joues, réajuste son rouge à lèvres, contrôle son mascara, puis elle se sourit à elle-même et j'y vois une forme d'encouragement. Comme s'il fallait qu'elle se persuade qu'elle allait y arriver, survivre à cette nouvelle journée. Tout en elle paraît être sur le point de déborder.

Patrick, lui, est un homme bourru. Il ne parle que pour râler, sur les autres automobilistes qui ne savent pas conduire, principalement. Mais j'imagine que c'est contextuel et que d'autres sujets viendront nourrir sa mauvaise foi. Rosalie allume la radio et sa tête se met à balancer au rythme de la musique. Dans le rétroviseur, je vois les yeux de Patrick se lever au ciel.

Marion et moi sommes assises à l'arrière de la voiture, nos dos enfoncés dans le moelleux de la banquette mais aussi au creux de l'adolescence dans laquelle on s'installe de plus en plus. J'y vois la fin de l'enfance et donc une lueur d'espoir. Marion, elle, ne voit que ses boutons. On se regarde et on rit en silence, comme si le bonheur était une bêtise ou une interdiction. Pendant la première heure du trajet, on n'échange pas le moindre mot. On est encore trop intimidées de se voir ailleurs qu'au collège, de partir en vacances ensemble. Et puis on ne sait pas quoi dire qui ne pourrait pas être écouté.

Le camping est situé au bord d'un lac, à quelques kilomètres de l'océan. Quand on arrive, on repère tout de suite une salle avec un flipper, un billard, un distributeur de boissons, quelques tables en plastique rouge et des jeunes qui fument des cigarettes.

Notre emplacement porte le numéro 187. Patrick se gare minutieusement avec l'aide de Rosalie qui dit parfois « plus à droite » ou « plus à gauche », mais qui pourrait tout autant ne rien dire. Elle se ferait engueuler pareil.

— Allez faire un tour, finit par nous lancer Rosalie. Mais revenez pour l'heure du dîner !

On n'hésite pas une seconde et on file. On entend alors Patrick crier : « Vingt heures, hein ! On mange à 20 heures ici ! » Mais on est déjà loin.

Nous marchons vers cette salle qui semble être la seule animation du camping. Quand on arrive, les discussions s'arrêtent et les têtes se tournent dans notre direction. On ralentit aussitôt et on envisage de faire demi-tour, mais il est trop tard. Un des garçons nous fait un signe de la main pour qu'on les rejoigne. Alors c'est ce que l'on fait.

— Vous venez d'arriver ?

On hoche la tête à l'unisson et celui qui vient de parler tire sur sa cigarette en plissant les yeux.

— C'est quoi vos prénoms ?

— Marion.

— Billie.

Il me fait répéter une seconde fois mais ne fait aucun commentaire. Il se contente de tirer à nouveau sur sa cigarette en me fixant droit dans les yeux. Je ne les baisse pas.

Il nous propose une bière et Marion accepte sans hésiter. Quand je la regarde, elle hausse les épaules.

— On va au lac ce soir. Vous venez ?

Marion dit oui.

Il y a Jonathan, Arthur, Kévin et puis lui. Quentin. Celui qui parle pour les autres. Ils ne se connaissent que depuis une semaine, mais les vacances ont cette capacité de tout rendre éternel.

Sur le chemin du retour, quand nous rentrons vers la caravane pour le dîner, Marion me dit :

— C'est marrant. On est là, loin de chez nous, on n'a plus d'histoire. On voit ces mecs et ils ne savent absolument rien de nous. Tu vois ce que je veux dire ?

— Oui.

— C'est un peu comme si on recommençait à zéro. Je ne suis plus Marion la fille du concessionnaire, et tu n'es plus Billie l'orpheline. Celle qui a été abandonnée.

* *
*

La journée on bronze à la plage et le soir, on va au lac. J'assiste à quelque chose d'étrange chez Marion, une sorte de métamorphose devant laquelle je me sens impuissante. Elle enroule son tee-shirt au-dessus de son nombril, retrousse l'élastique de son short au niveau de la taille, boit dans les bouteilles de bière qu'on lui tend et tire une bouffée de cigarette dès qu'on le lui propose. Même sa façon de parler me paraît différente. Mais je ne dis rien. Après tout, c'est moi que tout le monde observe comme si j'étais bizarre, puisqu'on m'appelle l'abandonnée.

Le seul qui m'adresse vraiment la parole, c'est Quentin. Il y a toujours un moment, dans la soirée, où il se détache du groupe pour venir s'asseoir à côté de moi. Il me pose des questions auxquelles je réponds sans m'attarder et que je lui retourne comme je renverrais une balle à mon adversaire. J'apprends qu'il a deux ans de plus que moi, qu'il vient de Lille, que ses parents tiennent un restaurant italien, eux qui n'ont pourtant jamais mis les pieds en Italie. Il rit puis il précise que les pizzas c'est ce qu'il y a de plus rentable, « ça et les crêpes mais bon on n'était pas non plus Bretons », et il rit encore. J'imagine qu'il répète ce qu'il entend de la bouche de son père lors de dîners trop arrosés et entrevoir cet adulte saoul dans le corps d'un adolescent me dégoûte.

Le troisième soir, lorsqu'il vient à côté de moi, il me dit :

— Il est original ton prénom. Il vient d'où ?

Pour la première fois depuis le début du séjour, j'accepte la canette de bière qu'il me propose.

— De nulle part.

Je me lève et Quentin me suit. Il y a des transats à côté du club nautique et sans réfléchir, je m'allonge sur l'un d'eux. Quentin m'imite sans rien dire. Je bois ma bière, je trouve le goût ignoble mais je la bois quand même. Je regarde les étoiles et je pense aussitôt à Maxime. Je me demande si je penserai à Maxime toute ma vie, chaque fois que je contemplerai les étoiles. Car le ciel est partout.

— T'es une drôle de nana quand même.

J'avais presque oublié qu'il était là. Déjà. Je me tourne vers lui et je l'observe. Marion dit qu'il est beau. Parfois, quand il parle, je vois dans ses yeux quelque chose de plus sombre et c'est peut-être ça qui lui plaît.

J'ai fini ma bière. Je n'ai pas le temps de dire quoi que ce soit qu'il me lance : « Attends, je vais t'en chercher une autre. » Et il se lève.

Je sens bien que c'est une mauvaise idée, pourtant, je ne proteste pas.

* *
*

— Je rentre.

— Déjà ?

Marion se redresse et fronce les sourcils. Ses yeux s'arrêtent une seconde sur le col de mon tee-shirt qui doit lui sembler déformé puis elle regarde furtivement derrière moi. Je sais qu'elle le cherche, qu'elle se demande si c'est à cause de lui que j'écourte la soirée, mais je ne lui laisse pas la possibilité de poser la question.

— On se retrouve tout à l'heure ?

— D'accord...

Je m'en vais. Je marche et je ne prends pas le chemin le plus court. Je pense à nouveau à Maxime, parce que le ciel est toujours là, confortablement installé dans sa nuit, et puis à Marcel. Je ne sais pas pourquoi, je me dis qu'il serait triste s'il apprenait ce qu'il vient de se passer. Que l'enfance qui part en regardant passer les trains, c'est une chose, mais sous le corps écrasant d'un garçon, ça en est quand même une autre.

* *
*

Je n'avais jamais embrassé de garçon. Quand il s'est approché de moi et qu'il a passé sa main dans mes cheveux, sur ma joue et puis dans mon cou, j'essayais de me rassurer en me disant que ses gestes étaient doux. Mais la douceur ne veut rien dire. La douceur, c'est presque toujours un leurre. J'ai fait un pas en arrière et il a dit : « N'aie pas peur, je ne vais pas te manger » avec un demi-sourire.

J'ai alors pensé à Marion, à son air incrédule quand je lui ai assuré que non, jamais, vraiment jamais. « Même pas un smack en primaire ? » m'a-t-elle demandé sur un ton légèrement moqueur. J'ai secoué la tête. Non, jamais.

J'ai fermé les yeux. Il sentait la bière, le tabac et une forte odeur de parfum commercial, un mélange de menthe et de vanille. Au contact de ses lèvres, j'ai aussitôt rouvert les yeux. Je l'ai regardé avec ses paupières closes et je l'ai trouvé repoussant sous cet angle, à cette distance, dans cette intimité subie. Mais avant que je ne pense à quoi que ce soit d'autre, il a ouvert sa bouche et j'ai senti sa langue rugueuse contre la mienne et ses mains chaudes sous mon tee-shirt. J'ai compté dans ma tête en me disant qu'il fallait que je tienne au moins cinq secondes mais à quatre je me suis écartée. Il m'a attrapé la main dans un geste autoritaire et je l'ai dévisagé à la fois surprise et contrariée. Il y avait cette flamme sombre dans ses yeux, celle que j'avais déjà repérée sans vraiment me méfier et un frisson de peur m'a traversée tout entière. D'un coup sec j'ai récupéré ma main mais avant que je ne puisse faire quoi que ce soit, il était à nouveau contre moi. Lui, son odeur dégueulasse de supermarché et son envie pressante de plus en plus brûlante contre mon ventre. En un geste, il a réussi à me plaquer au sol.

— Allez tu vas voir, ça va être super. J'imagine que tu ne l'as jamais fait, c'est pour ça que t'es inquiète. Mais t'as de la chance de tomber sur un mec comme moi plutôt que sur un connard qui pourrait te faire mal. Je vais faire attention, tu sais.

Il a tiré sur mon short et je n'ai rien dit. Il y a cette phrase qui tournait en boucle dans ma tête, comme si j'étais spectatrice de la situation : « C'est en train d'arriver. » Quentin n'a pas eu besoin de mettre sa main sur ma bouche, ni de tenir mes poignets, je n'ai pas bougé. Toute ma vie je lui trouverai cette excuse : je l'ai laissé faire.

Mon regard a glissé sur le côté et s'est perdu dans la noirceur de la nuit. J'ai repéré mon étoile, celle juste à côté de l'étoile du berger, et je me suis mise à sourire. Elle était toujours là, elle. Ma bonne étoile. Même dans les pires moments de ma vie.

— Qu'est-ce qu'il y a ?

Quentin s'est arrêté. C'est mon sourire qui l'a inquiété. Cela prouve bien qu'il savait exactement ce qu'il était en train de faire.

À ce moment-là, j'ai compris qu'il avait baissé sa garde. J'ai rassemblé toute la colère que je gardais au fond de moi depuis des années et d'un coup, je l'ai poussé avec une violence inouïe. Il s'est accroché à mon tee-shirt mais s'est fracassé sur un transat dans un bruit sourd. Je me suis levée et je suis partie en courant retrouver les autres.

* *
*

Quand elle me rejoint dans la tente que ses parents ont plantée pour nous à côté de la caravane, Marion sent l'alcool. Elle trébuche, se débat avec son sac de couchage et se met à rire sans raison. Elle chuchote, sauf que c'est à voix haute.

— Tu dors ?

— Non.

— Je crois que tu lui plais.

Sa voix est pâteuse alors elle répète en articulant avec difficulté.

— Quentin, je-crois-que-tu-lui-plais.

Elle glousse et je devine qu'elle est contente pour moi.

— Quand il a vu que tu étais partie, il avait l'air complètement affolé. Billie ? Tu m'entends ? Tu dors ? Pour Quentin, tu vas faire quoi ?

Elle avait fini par embrasser Jonathan qui lui a même touché les seins « sous le tee-shirt ». Elle me l'a dit en se mordant la lèvre, comme si ça lui échappait alors qu'elle n'attendait que ça, pouvoir enfin me le dire. Apparemment, elle a trouvé que ma réaction n'était pas assez enthousiaste et en a conclu que j'étais jalouse. « Il ne fallait pas choisir le plus beau », m'a-t-elle glissé. On est forcément déçu avec les plus beaux.

Je n'ai rien répondu et j'ai fait semblant de dormir. Pour Quentin, je ne vais rien faire. Si ce n'est ranger ce souvenir avec ceux que l'on fait tout pour oublier.

Chapitre 8

2007

J'ai 16 ans. Comme chaque été à cette période, la ville est déserte. Marion est partie en vacances avec ses parents, mais à la montagne cette fois. Son oncle leur prête un petit appartement au pied d'une station de ski, un studio « minuscule » m'a-t-elle précisé. Peut-être pour justifier qu'elle ne m'ait pas invitée. Peut-être.

L'après-midi, quand la chaleur devient de moins en moins supportable, Marcel s'affale sur le canapé et s'endort devant la télévision qu'il s'est finalement décidé à acheter. Il paraît que la promotion défiait toute concurrence. Même celle de ses convictions.

Je ne supporte ni le bruit de ses ronflements ni le vacarme des émissions et encore moins la chaleur écrasante alors je sors. Je vais lire *Le Comte de Monte-Cristo*, couchée dans l'herbe du parc, et j'observe les feuilles des arbres qui ne bougent quasiment pas. Parfois je m'endors, plus d'ennui que de fatigue, et je me réveille dans un brouillard qui me fait oublier un instant que les vacances sont encore longues.

Un jour, alors que je claque la porte de l'appartement pour m'en échapper, je tombe nez à nez avec la voisine. D'aussi loin que je m'en souvienne, je n'ai jamais vu Marcel et la voisine s'adresser la parole. La plupart du temps, ils semblent même s'éviter. Je n'ai pas le temps de la questionner sur sa présence qu'elle m'apprend que Maxime voudrait me téléphoner et que, si je suis d'accord, je n'ai qu'à la retrouver chez elle à 18 h 30. J'accepte et je descends les escaliers à toute vitesse. Mais une fois en bas, alors que je m'apprête à quitter l'immeuble, j'entends une porte s'ouvrir et la voix de la voisine résonner dans la cage d'escalier.

— Marcel ! Ouvre-moi ! Il faut qu'on parle !

Des bruits de pas, le parquet qui craque, une porte qui claque et puis le silence.

* *
*

À 18 h 30, je suis devant sa porte et elle m'invite à entrer. À l'intérieur, tout est couleur crème, le mur, le sol, le plafond. Des broderies en point de croix tapissent l'entrée et des figurines en céramique sont posées sur des napperons en crochet. Un chat vient se frotter à ma jambe et un autre dort sur l'une des étagères juste au-dessus du radiateur. Une toile cirée à rayures marron recouvre la table du salon, sur laquelle se trouve tout un tas de dossiers, un ordinateur et deux téléphones portables. Je n'arrive pas à comprendre qui est cette femme en chaussons dans cet appartement qui sent la vieillesse, ni ce qu'elle fait de ses journées avec deux téléphones. Elle m'indique une chaise en cannage située à côté d'une table d'appoint sur laquelle se trouve un troisième téléphone et puis elle disparaît en fermant la porte derrière elle. La sonnerie retentit presque aussitôt et mon cœur bondit dans ma poitrine.

— Allô ?

— Salut Billie ! Tes vacances se passent bien ?

— Ça va.

— Cool ! Je me demandais, tu te souviens de notre promesse ? Celle de se voir une fois par an ?

— Oui, je m'en souviens.

— Cette année, c'est donc à toi de venir…

J'entends qu'il sourit de l'autre côté du combiné, mais je ne dis rien et le laisse poursuivre.

— Je suis en vacances avec des amis. À côté de Limoges. Je me disais que tu n'avais qu'à nous rejoindre.

— Mais comment veux-tu que je vienne ?

— Je ne sais pas… peut-être que… Disons que tu as toujours su trouver une solution.

Il attend que je dise quelque chose mais comme je ne dis rien, il poursuit.

— C'est la maison de campagne de Capucine. Sa mère est là mais elle dort dans la dépendance. Elle nous laisse tranquilles. On ne la voit quasiment jamais, elle fume des clopes, boit du thé vert et écrit un livre, je crois.

— Max, je…

— Je te donne l'adresse et tu vois, OK ? Je peux me débrouiller pour venir te chercher à la gare. Et puis il y a une piscine…

Il raccroche avant que je ne puisse répondre quoi que ce soit. Je répète l'adresse en boucle dans ma tête, pour ne pas oublier. Je sais que je n'irai jamais, mais je répète quand même. Je me lève, remercie la voisine qui me regarde partir avec cet air imperturbable qui l'habite chaque seconde de son existence et alors que je suis sur la troisième marche, elle me rappelle.

— Attends. Tiens, prends ça, dit-elle en me tendant un de ses téléphones.

Je la fixe sans bouger.

— Je n'en aurai pas besoin cette semaine, dit-elle. Le numéro de Maxime est enregistré. Pour le reste, tu n'auras qu'à ne pas répondre.

— Vous êtes sûre ?

— Certaine.

Sa main est toujours tendue avec le portable à l'intérieur.

— L'enfance, l'adolescence, on sait bien que tout ça n'a rien de définitif, ajoute-t-elle. Il n'empêche, on n'en a qu'une. Ne reste pas dans cet immeuble en attendant qu'elle passe.

* *
*

Il est à peine 8 heures et j'ai déjà le bras tendu au bord de la nationale. Avec un gros feutre noir, j'ai écrit « Limoges » sur un bout de carton que je tiens contre ma poitrine. J'ai l'impression que la pancarte me protège alors qu'évidemment, elle est mon plus grand danger. Je ne sais même pas si je suis du bon côté de la route ni si mon pouce indique la bonne direction, mais j'attends car je n'ai rien d'autre à faire.

Au bout de quelques minutes à peine, une voiture s'arrête. Une femme baisse la vitre et m'observe longuement.

— Ce n'est pas tout près, Limoges.

Je souris pour me donner un air sympathique et la convaincre de me laisser monter avec elle.

— Allez viens, je t'avance.

* *
*

Agnès m'a avancée jusqu'à Limoges. Elle a parlé, parlé, parlé, tant parlé qu'elle a loupé toutes les sorties où elle était censée me déposer. Elle a dit : « Ce n'est pas grave » pour la sortie mais aussi pour les lasagnes trop cuites de la veille et puis pour le con qui lui servait de mari depuis dix ans et qui est parti avec sa secrétaire. Elle a ajouté : « C'est tellement cliché, une secrétaire. Je n'arrive pas à croire que la vie n'a pas plus d'imagination. Enfin, je dis la vie... c'est juste Bernard en fait. Tu me diras avec un prénom pareil, j'aurais dû m'en douter. On sait tous avec quoi ça rime un Bernard, pas vrai ? » Elle m'a regardée, les deux mains sur le volant et le buste légèrement décollé de son siège. Elle conduisait comme si elle cherchait en permanence une place pour se garer. Même à cent dix kilomètres à l'heure.

— Tu vas rejoindre un garçon, c'est ça ?

— C'est juste un copain.

— Un bon copain alors.

Elle a souri et puis elle a continué de rouler trop proche du volant en disant tout ce qu'elle avait sur le cœur. Au bout de deux heures de route, la voiture s'est arrêtée devant une grande maison de pierres recouverte de lierre, au milieu de nulle part.

— Voilà, c'est ici ! Dis donc, c'est pas mal… Allez, profite bien de tes vacances ! Mais fais attention quand même. L'auto-stop, ce n'est pas très prudent.

— Merci beaucoup, Agnès.

J'ai claqué la portière et les pneus de la voiture ont aussitôt crissé sur le gravier parfaitement étalé sur le sol qui entourait la demeure. Au premier virage, le bras d'Agnès a traversé la vitre pour me faire un signe et puis elle a disparu.

* *
*

À la seconde où j'arrive devant la grande porte en bois vert, je regrette d'être là. Mais il est trop tard, bien sûr. Aucune chance qu'une autre Agnès passe sur cette route de campagne déserte et me ramène chez moi. J'ai le doigt sur la sonnette depuis plusieurs secondes et je sens mon cœur cogner contre ma poitrine. Je respire un grand coup et puis j'appuie. J'entends aussitôt un « j'y vais » suivi d'un bruit de pas qui semble descendre d'un escalier en bois. La porte s'ouvre et je découvre une fille de mon âge, blonde, les yeux bleus et le teint légèrement doré par l'été. La trace de son maillot humide apparaît à travers son tee-shirt blanc et le bouton de son short n'est pas fermé.

— Salut. Je viens voir Maxime.

Elle tourne la tête et lance un puissant « Maxime ! » qui détonne de son physique. Elle me regarde à nouveau, ses deux bras toujours fixés de part et d'autre de la porte, comme pour faire barrière. Aucune émotion ne traverse son visage.

— Tu es Billie ?

J'acquiesce en silence. Dans son dos, je vois Maxime en train de marcher dans notre direction tout en enfilant un tee-shirt. Dès qu'il me voit, un mélange de surprise et de joie se propage sur son visage et cette expression panse aussitôt un grand nombre de plaies. Les nouvelles comme les anciennes. Je me dis que c'est à cela que doit ressembler une famille. Capucine disparaît sans un mot et nous laisse seuls.

— Tu n'arrêteras jamais de me surprendre.

Je me fais alors la promesse d'effectivement ne jamais arrêter.

* *
*

Il me présente aux autres, Augustin, Gaspard, Victoire, Constance et Capucine. Je trouve ces prénoms étranges, je ne les ai alors jamais entendus. Dans mon lycée, tout le monde s'appelle Julien, Nicolas, Élodie ou Julie.

Midi et soir, on mange des pâtes que l'on prépare à tour de rôle. Entre les repas, on boit du coca et on pioche dans de grands saladiers de chips, affalés sur des transats disposés tout autour de la piscine. La musique pulse dans une enceinte portable de mauvaise qualité sans jamais s'arrêter. Parfois, une chanson passe et dès les premières notes ils lèvent les bras et se mettent à pousser des cris enthousiastes.

Je ne sais même pas dire à quoi on occupe nos journées. À rien, sûrement. Capucine et Victoire ne m'adressent quasiment jamais la parole, elles se contentent d'accepter ma présence et j'en viens à penser que c'est déjà pas mal. Constance, elle, m'explique les sujets de conversation que je ne comprends pas. Elle me glisse qui est Jules et pourquoi Capucine lui en veut terriblement. Peu à peu, je rattrape mon retard sur leur amitié.

Elle me pose aussi des questions sur ma vie, m'interroge sur ce que j'aime faire. Son père est directeur d'un hôtel de luxe sur les

Champs-Élysées. Elle dit le nom mais je l'oublie aussitôt. Depuis sa naissance, elle a déménagé sept fois et vécu dans autant de pays. Elle dit qu'elle finira sûrement journaliste, que c'est ce qui attend les enfants d'expat de toute façon.

Durant toute la durée de mon séjour, la mère de Capucine passera la tête une seule fois pour vérifier si tout va bien. Elle ne remarquera même pas ma présence. Le dernier soir, on est tous assis autour de la table. Il y a des bières, des alcools sucrés que l'on mélange avec des sodas qui le sont encore plus. Constance me sert un verre et je trouve ça bon, ce goût de noix de coco et d'orange qui réchauffe un peu la gorge. Les discussions fusent et chacun essaie de parler plus fort que les autres pour se faire entendre. Je ne sais pas quoi dire, alors je ne dis rien. Parfois je pense à la petite fille que j'étais et je me demande où elle est passée. Si elle s'est perdue dans mon corps d'adolescente. Et si elle retrouvera un jour le chemin vers la sortie.

La soirée avance et les bouteilles se vident. C'est le dernier soir, c'est ce que chacun répète au moment de remplir son verre avec des gestes de plus en plus saccadés. Tout le monde rit de bon cœur à des blagues qui ne tiennent pourtant pas vraiment la route. Moi aussi je ris. Je sens mon visage se détendre et mon esprit avec. Je prends la parole, je raconte des histoires que j'oublierai dès le lendemain, je fais des blagues auxquelles tout le monde rit. C'est étrange, mais j'ai tout à coup l'impression d'être libre de tout un tas de choses.

Je suis en train de rire quand je croise le regard de Maxime qui me fixe en silence. Au même moment, un son de trompette s'échappe de l'enceinte et Capucine monte sur sa chaise et commence à danser. Constance et Victoire l'imitent. Ensemble elles hurlent : « Shakira, Shakira ! » Et moi j'entends « Chat qui rat, chat qui rat », avant de me souvenir qu'il s'agit du nom de cette chanteuse dont Marion me parle sans cesse. La plupart du temps, c'est pour me décrire ses fesses et son déhanché. Constance me tend la main pour que je les rejoigne. Elle dit : « Viens. En plus il paraît que tu chantes super bien. » Mon regard glisse jusqu'à Maxime, je le vois hausser les épaules en souriant et reprendre une gorgée de bière.

— Mais je ne connais pas les paroles.

— On s'en fiche ! Ça sert à rien les paroles !

Elle tire sur mon bras jusqu'à ce que je cède et me retrouve, moi aussi, debout sur une chaise. Dès que la chanson s'arrête, je m'éclipse discrètement dans la cuisine et je bois un grand verre d'eau. Quand je me retourne, Maxime est devant moi.

— On va faire un tour ?

* *
*

Du fond du jardin, la musique nous parvient comme si nous venions tout juste de quitter la pièce. Des éclats de voix indéchiffrables viennent se perdre au creux de la nuit et lorsque l'on se retourne, le petit écran rectangulaire de la baie vitrée nous offre le spectacle d'un groupe d'amis qui fait la fête.

Maxime marche devant moi, les mains enfoncées dans les poches. Il a changé, il n'est plus ce petit garçon assis dans l'escalier sur lequel j'ai failli trébucher huit ans plus tôt. Il a grandi, déjà, puisque c'est la première fois depuis que nous nous connaissons qu'il me dépasse mais il y a autre chose. Je n'arrive pas à définir de quoi il s'agit.

Il dit : « On y est presque » et j'apprends alors que nous avions une destination. Quelques secondes plus tard, dans un coin du jardin et à la limite d'un champ de tournesols, je découvre une vieille balancelle éclairée par une lune presque pleine. Maxime s'assoit et je l'imite. Il doit y avoir de la place pour quatre mais nous sommes collés l'un à l'autre et la peau nue de mes jambes effleure celle des siennes. Je renverse ma tête en arrière et je plonge tout entière dans le ciel. Combien de fois l'ai-je observé en pensant à lui ?

— Tu penses quoi de Gaspard ?

La question me prend de court.

— Gaspard ?

— Je crois qu'il t'aime bien.

— Je pensais qu'il était intéressé par Capucine.

— Ouais, c'était le cas. Avant que tu arrives.

— Ah.

Le silence retombe. Il y a le grincement de la balancelle, le chant des grillons, la musique que nous n'entendons pratiquement plus et puis le bruit de nos verres que l'on porte à nos lèvres, peut-être pour nous excuser de n'avoir rien d'autre à nous dire.

Les seules choses que j'entends, c'est mon cœur qui cogne et ma tête qui tourne.

— On y retourne ?

Avant que je n'aie le temps de répondre, il se lève et me tend la main. Je l'attrape et une seconde plus tard, mon visage est à un centimètre du sien. Son souffle effleure mes lèvres et je pense aussitôt à Quentin et à cette odeur de supermarché. Je n'ose pas bouger. Je sens mon ventre se tordre légèrement et c'est la chose à la fois la plus douloureuse et la plus agréable que je n'ai jamais ressentie.

Maxime me regarde. Je vois dans ses yeux ce mélange de doute et de certitude qu'il aura souvent lorsqu'il me regardera et je comprends alors que c'est ça, ce qui a vraiment changé chez lui. Sa façon de me regarder. Je fais un pas en arrière et ma main s'échappe lentement de la sienne. Il dit « attends » et je pressens que dans ces deux syllabes, il y a une invitation à un instant qui ne durera pas. Ses doigts se perdent dans mes cheveux, glissent le long de ma joue, se referment doucement le long de mon cou et puis il m'embrasse. Le petit garçon de l'escalier m'embrasse et sa bouche a le goût de nos étés. Elle a le goût du trop et du manque. De la joie et du chagrin. De l'ennui et des folies. Mon corps est parcouru par toutes les saisons. L'été mais aussi l'hiver, l'automne, le printemps et puis toutes celles qui se trouvent entre et qu'il aurait fallu prendre le temps d'inventer. Parce qu'en réalité, des saisons il y en a mille qui se cachent derrière un rayon de soleil perdu au milieu d'une pluie d'automne, une odeur qui ne parfume que les 3 septembre et la nuance du ciel qui n'apparaît qu'une fois par an. Il y a des mots qui n'existent pas mais il y a aussi des saisons qui n'existent que dans nos cœurs et quand Maxime m'embrasse, il y a cette saison qui ne se rencontre qu'une fois dans une vie. Celle du rayon de soleil qui transperce le plus noir des nuages. La saison du premier sentiment.

* *
*

Il y a une pièce attenante à la cuisine, un petit local dans lequel on place les courses et les provisions. Marcel appelle ça « cagibi » mais l'été dernier, quand par ennui j'ai commencé la lecture du dictionnaire, j'ai découvert que ça ne se disait pas vraiment. Que c'était encore l'un de ces mots qui trahit nos origines et que dans mes origines, il y a toujours un peu d'ignorance.

Je suis dans cette pièce, en train de chercher des citrons et une bouteille d'eau pétillante quand j'entends leurs voix. Lors des soirées, toutes les discussions importantes ont lieu dans la cuisine mais c'est ce soir-là que je le découvre pour la première fois.

— Ne dis pas n'importe quoi. C'est impossible.

— Si, c'est à cause d'elle.

— Mais Capu c'est ridicule. Tu crois vraiment qu'il peut préférer cette plouc ?

* *
*

Je marche en longeant la route, un pied sur le bitume et l'autre dans l'herbe qui borde le fossé. La lune quasi pleine éclaire mes pas et je ne sais pas comment j'aurais fait sans elle. J'imagine que j'aurais fait sans. C'est tout. Je pense tout à coup à ma mère, à l'unique photo que j'avais d'elle et que j'ai dû laisser dans un train, deux ans plus tôt, pour fuir un contrôleur. C'était déjà à cause de Maxime. Je sais qu'il y a six kilomètres pour arriver jusqu'à la gare et que le premier train part à 6 h 41. Je sais que la dernière fois que j'ai regardé l'heure, il était à peine minuit.

J'entends la sonnerie du téléphone qui résonne dans mon sac, mais je n'y prête pas attention. Je sais que c'est lui, qu'il se demande où je suis et pourquoi mes affaires ont disparu. La sonnerie s'arrête quelques secondes avant de reprendre aussitôt. Encore et encore. Je voudrais ne pas le faire mais c'est plus fort que moi : je compte. Je compte le nombre de fois qu'il va essayer avant d'abandonner.

Je me mets à courir. Je cours et mon sac à dos se balance d'une épaule à l'autre. Je pense à la couverture râpeuse que Marcel remontait sur mon menton lorsque j'étais malade et à son « je te laisse la lumière dans le couloir » qu'il me lançait avant d'aller se coucher. Une couverture et un peu de lumière. C'était ce qu'il savait faire. J'avance.

La gare est fermée. Comme dans toutes les villes de France, d'Europe, du monde peut-être, c'est l'endroit où se retrouvent ceux qui n'ont nulle part où aller. Le voyage s'arrête là, aux portes du départ, dans l'impossibilité d'une destination. Pour ne pas rester immobile, je décide de marcher, de faire des cercles autour de la gare, des cercles de plus en plus grands.

À 4 heures du matin, après des heures de silence, mon téléphone émet un son bref. Un message s'affiche sur l'écran avec ces quelques mots :

« Je t'en veux énormément. »

Chapitre 9

2008

J'ai 17 ans. Je suis au lycée. Julie prépare Sciences Po, c'est ce qu'elle dit à tout le monde, même à ceux qui ne le lui demandent pas. Elle s'assoit au premier rang, reste à la fin des cours pour discuter avec les professeurs de ses devoirs, de l'angle à adopter pour traiter au mieux telles ou telles thématiques. Parfois je la vois rire à une blague que je ne comprends pas et je me demande comment elle fait pour changer si facilement de peau. Je ne sais pas parler à un adulte.

Je n'ai pas la moindre idée de ce que je veux faire plus tard. En tout cas, pas après jeudi.

Ma prof de français voudrait que j'aille en lettres modernes, sans doute pour que je devienne prof, comme elle. Mais son air dépressif, sa veste en tweed et ses mocassins m'en dissuadent. Avec Marcel, on n'a plus jamais abordé le sujet de mon avenir et encore moins celui des études supérieures. Je crois que de toute façon le concept lui échappe. Il n'a pas de diplôme. Enfin si, il a son certificat d'études. Il me le rappelle dès qu'il en a l'occasion et je lui réponds que « oui Marcel, je sais ». Je regrette parfois de me comporter ainsi, de le bousculer et de le prendre pour un idiot. Mais ce ne sont pas deux générations qui nous séparent, c'est un monde. Je lui en veux d'être vieux, d'être un homme, de ne pas s'intéresser aux choses superficielles que je juge de la plus haute importance. Il s'en rend compte, bien sûr. Je vois bien que parfois il est triste, mais sa tristesse est une douleur qui m'apaise.

Pour mon anniversaire, il me tend un paquet et je sens à son impatience que ce n'est pas un cadeau comme les autres. À l'intérieur, il y a un téléphone. Il y a surtout l'effort d'un homme pour réduire le gouffre entre lui et sa petite-fille.

* *
*

Mon professeur d'anglais est un homme de 45 ans, épaules larges, chevelure éparse et une bouche plus souvent ouverte qu'une épicerie de nuit. J'imagine qu'il a appris l'anglais sur un vidéoprojecteur à l'université et en empruntant des livres à la bibliothèque. Il m'est impossible de l'imaginer traverser la moindre mer pour se rendre dans un autre pays. Il passe son temps à nous distribuer des polycopiés et à parcourir la salle de classe de son regard vitreux à la recherche de volontaires. Mais des volontaires, à part Julie, il n'y en a pas. Alors il répète : « *Any idea ?* » toutes les vingt secondes, tentant de trouver une alternative à cet unique doigt pointé vers le ciel qui s'affole au milieu de la classe. « *Nobody ?* » demande-t-il encore, sans tenir compte de Julie. « *Well, well...* » et tout le monde se tasse davantage sur sa chaise.

J'aime bien l'anglais et je rêve de savoir le parler. J'ai l'impression que c'est un passeport vers un autre monde. Alors j'essaie. C'est l'une des rares matières pour laquelle j'essaie. Mais un jour, juste avant le début du cours, M. Cordier me prend à part. Je remarque tout de suite sa bouche fermée et ses mains qu'il frotte l'une contre l'autre comme s'il tentait d'allumer un feu.

— Billie, je sais que tu as pris anglais en option pour le bac. C'est une mauvaise idée. Je ne pense pas que tu aies le niveau. Tu devrais choisir autre chose. Disons... de plus à ta portée.

Avant que je n'aie le temps de répondre, il tourne les talons et va s'asseoir à son bureau. L'heure qui suit, il y aura deux doigts levés en permanence. Aucun ne sera interrogé.

* *
*

Il y a un attroupement devant la boulangerie située à l'angle de la rue de notre appartement. J'ai toujours détesté les petites foules, les ralentissements, les badauds, cette manière de se laisser aller.

Cette fois pourtant, je ralentis et un détail accroche mes yeux. C'est la semelle d'un homme visiblement allongé par terre sur laquelle se trouve une étiquette avec un prix barré par le trait gras d'un feutre rouge. 29 euros au lieu de 59. Mon cœur s'affole. Je me précipite vers le groupe et bouscule une femme qui me tourne le dos. Et alors tout s'effondre, tout se brise. Je suis incapable de bouger. Je reconnais Marcel, son front large, sa peau rêche, ses lèvres épaisses. Je reconnais chaque détail même si tout ce qui fait que c'est lui semble avoir foutu le camp. L'un de ses bras a été ramené sous sa joue. On pourrait croire qu'il s'est endormi là, sur le trottoir, en allant chercher une baguette de pain. Comme pris d'une envie brutale de sieste. On pourrait le croire si un filet de sang n'avait pas coulé le long de sa tempe et semblait déjà avoir séché. Depuis combien de temps est-il là ? Que font les secours ? Quelqu'un a-t-il seulement appelé ? Je sens la panique m'envahir, mais au même moment le son d'une sirène retentit. Dans les secondes qui suivent, un véhicule s'arrête sur le trottoir et de la porte latérale qui s'ouvre à la volée, sortent des pompiers qui dispersent aussitôt la foule. Ils prennent des informations auprès de la personne qui semble avoir prodigué les premiers secours mais je n'entends rien. Mes oreilles bourdonnent. Un des pompiers me parle pourtant, je vois bien ses lèvres remuer à quelques centimètres de mon visage et son regard se fixer au mien avec insistance. Mais je n'entends rien. Il m'attrape alors le bras et il répète : « Mademoiselle, vous ne pouvez pas rester là. Vous m'entendez ? Mademoiselle ? » Je réponds : « Oui », mais aucun son ne sort de ma bouche. Il fronce les sourcils, fait signe à l'une de ses collègues mais le temps qu'elle nous rejoigne, je parviens à articuler : « C'est mon grand-père. » Le pompier s'apprête à répondre quelque chose mais cette fois c'est moi qui lui agrippe le bras. « C'est mon grand-père, mais c'est bien plus que ça. »

* *
*

Il n'est pas arrivé vivant à l'hôpital. J'imagine que les pompiers savaient que cela pouvait se produire quand ils ont accepté de me laisser monter dans leur véhicule. Mais que pouvaient-ils faire ? Rien. Je ne leur ai pas laissé le choix.

L'intérieur du camion ressemble à une caisse dans laquelle tout paraît ne tenir qu'à un fil. Les appareils, les produits. La vie. Il y a l'affairement, les ordres qui fusent, le vocabulaire inconnu et les chiffres qui y répondent. Et puis tout à coup, alors que l'on commence à s'habituer à ce brouhaha mécanique, à faire corps avec cette machine que l'on secoue au rythme des trous dans le bitume, le silence se pose sur un bruit continu.

Les regards se croisent mais tous m'évitent jusqu'à ce que l'un d'entre eux dise qu'il est désolé. Et je pense à ces excuses qui n'en sont pas vraiment. Personne n'a écrasé le pied de personne. Personne n'a oublié d'anniversaire. Personne n'est en retard à un rendez-vous. « Je suis désolé. » Je pense à cette ellipse, à ce mot même que j'ai si souvent nommé éclipse dans mes devoirs de français et que ma professeure soulignait plusieurs fois sur ma copie en ajoutant des « non » et tout un tas de points d'exclamation révoltés. Alors qu'il est si adapté, ce mot, éclipse. Je pense à ça, dans ce camion qui continue de rouler alors qu'il n'y a plus vraiment de raison de le faire. Mais peut-il vraiment s'arrêter en cours de route ? Peut-il faire demi-tour et me déposer devant la boulangerie ? « Désolé mademoiselle, on vous laisse reprendre votre vie là où elle s'est arrêtée. » Et je continue de penser à toutes ces choses absurdes, à ces choses qui m'empêchent de comprendre que derrière ce « je suis désolé » il y a une route qui s'arrête mais surtout une lune qui efface un soleil pour laisser place à l'obscurité. L'obscurité totale sur ce qu'il va à présent se passer.

* *
*

— Nous allons faire des analyses pour essayer de comprendre ce qui a pu provoquer la chute de votre grand-père.

C'est la dernière phrase qu'ils prononcent quand le camion s'arrête devant l'hôpital. Je m'oblige à le regarder une dernière fois, même si c'est douloureux, même si ce n'est pas l'image que je veux retenir de lui, ce vieil homme qui fixe un point que je n'arrive pas à situer. Quand l'un d'eux s'en aperçoit, il fait glisser sa main sur son visage et lui ferme les yeux. Pour toujours.

Ensuite ils descendent, les portes automatiques s'ouvrent, le brancard s'engouffre à l'intérieur du bâtiment et Marcel disparaît. Je reste immobile sur le trottoir, incapable de faire le moindre mouvement. J'ai l'impression de devenir folle, avec ces secondes qui s'écoulent, qui me crient que l'air que je respire est toujours le même, que j'ai beau avoir vieilli d'un coup, pour autant, je ne suis toujours pas majeure. Rien n'a changé mais tout est différent. J'attrape le petit carnet que j'ai dans mon sac à dos depuis que j'ai l'âge de savoir écrire et sur lequel je note chaque matin un mot, un seul mot. Le dernier que prononce Marcel avant que je ne claque la porte de l'appartement. Et aujourd'hui, à côté de la date du 27 janvier 2008, je lis : poubelles.

« Tu penseras à descendre les poubelles ! »

Mon cœur se serre. Je ne peux pas m'empêcher de penser que Marcel est mort comme il a vécu. Dans les détails du quotidien. Presque sans avoir existé.

* *
*

Quand je rentre à l'appartement, il fait déjà nuit. Je ne sais pas combien de temps il me reste avant que quelqu'un vienne frapper à notre porte et me demande de préparer mes affaires. Trois jours ? Une semaine ? Je préfère ne pas prendre de risque.

Marcel n'était pas propriétaire. Il faisait un chèque tous les mois, qu'il déposait dans la boîte aux lettres d'un couple qui vivait à quelques rues de chez nous. L'homme, qui s'appelait Michel, avait à peu près son âge et lui ressemblait physiquement. Je me souviens que cette symétrie avait quelque chose de déroutant. À quoi cela tient-il finalement, d'être celui qui possède des appartements ? Celui qui réussit sa vie ?

J'ai ouvert les tiroirs, cherché les factures, les relevés de compte et toutes ces choses dont je ne m'étais jamais souciée jusqu'à présent. Dans une chemise bleue, bien rangée et à portée de main, il y avait toute la vie de Marcel en quelques chiffres. Le montant de sa retraite, celle du chèque du loyer, les charges fixes et puis toutes les dépenses qui revenaient chaque mois. Les courses à Intermarché, le plein du C15, le poulet du dimanche à la boucherie Armand et Frères.

Ça m'a donné le vertige, cette sensation qu'une vie pouvait tenir sur une feuille A4. La biographie de Marcel, c'était un relevé de compte en banque qui se répétait inlassablement, mois après mois.

Je pense alors à cette discussion, quelques semaines plus tôt. J'étais assise dans la cuisine en train de terminer un devoir de géographie et Marcel cuisinait en tournant les feuilles de son journal. Je ne sais plus exactement quel était le contexte ni quel fut le déclencheur, mais à un moment il a dit cette phrase à la fois terriblement vraie et impossible à admettre : « La vie c'est attendre la mort en pensant à autre chose. »

* *
*

Je suis partie. Comme dans les films, ceux que l'on trouve souvent assez peu crédibles. J'ai pris un sac avec toutes mes affaires et puis j'ai quitté la ville. Il n'y aura pas d'enterrement, pas d'au revoir, mais pas de prise de risques non plus. J'ai hésité pourtant. J'avais du mal à croire que les services sociaux prennent la peine de remonter jusqu'à moi. Pourquoi déployer tant d'efforts ? Alors que je serai majeure dans quelques mois. Alors que je ne suis personne.

Au moment de claquer la porte, quelque chose m'a retenue. J'ai d'abord pensé que c'était de la peur, celle qui accompagne tous les gestes irrévocables, mais j'ai eu la sensation que c'était plus que ça. J'ai eu la sensation qu'il me manquait « quelque chose », qu'à l'intérieur de cet appartement dans lequel j'avais volontairement laissé les clés pour ne plus être tentée de revenir, il y avait un objet que je devais prendre. Je suis retournée à l'intérieur. J'ai fait un dernier tour dans chacune des pièces, j'ai allumé puis j'ai éteint les lumières, j'ai ouvert quelques placards, défait des tiroirs. Mais rien. J'avais mon sac sur une épaule, avec à l'intérieur tout ce que j'avais de valeur et tout ce que j'imaginais pouvoir revendre. J'ai pris l'enveloppe aussi, celle coincée entre le sommier et le matelas de Marcel, avec de l'argent liquide à l'intérieur. Pendant des années j'ai cru que ce genre de cagnottes avait un nom, un vrai nom écrit dans le dictionnaire et que ce nom, c'était un « lekaou », car c'est ce qu'il répétait toujours : « Il vaut mieux avoir de l'argent caché dans le cas où… » Avant de m'en aller, j'ai passé une dernière fois la tête dans l'entrebâillement de la porte de ma chambre et il s'est alors passé une chose étrange : une étoile fluorescente s'est décollée du plafond et est venue s'écraser sur le sol. Quand je me suis baissée pour la ramasser, j'ai remarqué que juste à côté de l'étoile qui ne brillait presque plus, se trouvait ma balle rebondissante. Cette même balle qui, des années plus tôt, s'était faufilée au sommet du buffet, là où se trouvait le dossier rouge avec mon nom dessus.

Mais quand j'ai voulu escalader le meuble, quand j'ai passé ma main tout en haut là où s'entasse la poussière, le dossier n'y était plus.

Je ne connais qu'une adresse en dehors de cette ville et c'est celle de Maxime. Je sais que je n'y suis pas attendue et que c'est même tout le contraire. Mais il faut bien fixer un point au milieu de la nuit. C'est déjà ce qu'on se disait quand on avait 9 ans. Je ne veux pas prendre le risque de me faire repérer alors je vais jusqu'à la gare routière, je paie mon billet et je monte dans le premier bus en direction de Paris. Lorsqu'il démarre, je colle ma joue contre la vitre et je voudrais laisser enfin couler le chagrin que je retiens depuis dix-sept ans. Mais je n'y arrive pas.

* *
*

— Qu'est-ce que tu fais là ?

— Décidément…

Il sort et tire doucement la porte derrière lui. Il m'observe. Il voit bien que quelque chose ne va pas, mais il ne dit rien. Il attend que je le fasse.

— Marcel est mort.

Je remarque qu'il est surpris et puis qu'il a peur aussi. Il ignore ce que je vais bien pouvoir lui demander tout en sachant que, forcément, il va me décevoir. En attendant ce moment et sans doute un peu pour le repousser, il avance d'un pas, écarte ses bras et m'attire contre lui. Je tente de rester droite, le corps dur et inflexible, mais je n'y arrive pas. Je finis par poser ma tête contre sa poitrine et je sens aussitôt que quelque chose se brise en moi. Je crois que c'est mon chagrin alors qu'en réalité c'est mon enfance qui fout le camp. Dans les bras de Maxime je pleure, je pleure Marcel mais je pleure aussi toutes les larmes que je n'ai jamais voulu laisser couler jusqu'à présent.

Au bout de quelques minutes, il s'écarte et pose ses deux mains sur mes épaules.

— Attends, ne bouge pas, je reviens. Je vais trouver une solution, d'accord ?

Il rentre chez lui et je m'assieds sur une des marches de l'escalier. La minuterie s'arrête et je suis plongée dans le noir. Je ris et je renifle en même temps en songeant que les rôles viennent de s'inverser, que je suis la fille qui patiente sur une marche mais que cette fois, l'escalier est en marbre et qu'il est recouvert d'un tapis rouge.

Quand il ressort, son sac à dos pend sur son épaule et je remarque que son visage est fermé.

— Viens, on descend.

— Qu'est-ce que tu lui as dit ?

— Qu'il fallait que je termine un exposé chez un copain.

— Elle t'a cru ?

— Vu à quel point ça l'a agacée, j'imagine que oui.

Il pousse la porte de l'immeuble et s'apprête à me laisser passer, mais il se ravise au dernier moment.

— Je vais plutôt sortir en premier. Je pars sur la droite. Tu comptes une minute dans ta tête et quand c'est bon, tu sors à ton tour. Je t'attendrai au niveau de la rue Truffaut. Tu verras, il y a une pharmacie qui fait l'angle.

Il sort et je m'exécute. Quand je le rejoins, il me sourit.

— Et c'est parti pour compléter la liste des interdits avec Billie.

Il se met en route et je le suis en l'observant du coin de l'œil. Maxime, c'est le genre de garçon que je n'aurais jamais croisé si ce n'avait été durant l'enfance. C'est encore plus frappant, ce soir-là, dans les rues de Paris. Au bout d'une centaine de mètres, il s'arrête devant une petite porte surplombée d'un panneau lumineux sur lequel « hôtel » clignote. Il me fait signe d'entrer et je m'exécute sans poser de question. À la réception, il appuie sur la sonnette du comptoir et un homme en chemise blanche et gilet de service noir arrive aussitôt.

— Ce serait pour une chambre. Pour ce soir.

— Deux personnes ?

Il se tourne vers moi et je fais signe que oui de la tête.

— Deux personnes.

Il remplit des papiers, donne sa carte d'identité, paie la chambre et puis récupère deux cartes magnétiques qu'il glisse dans sa poche.

— Chambre 12 au troisième étage. Vous avez l'ascenseur juste ici, sur votre gauche. Le petit-déjeuner est servi à partir de 7 heures. Le check-out est à 12 heures. Je reste à votre disposition si vous avez des questions.

— Merci.

Au troisième étage, Maxime pose la carte sur la poignée et un bruit de ressort indique que la porte est ouverte. Il me laisse passer en premier et j'avance à l'intérieur de la chambre.

— La lumière ne fonctionne pas.

— Tiens, dit-il en me tendant une carte.

Je l'attrape du bout des doigts et la tourne plusieurs fois entre mes mains en essayant de comprendre le lien entre la lumière et ce rectangle de plastique.

— Il faut que tu la glisses dans la fente du lecteur. Ce boîtier, juste là. Contre le mur.

Je m'exécute et aussitôt, la lumière s'allume. Il ne fait aucune remarque.

Le lit occupe presque la totalité de la pièce et je ne sais pas si c'est parce qu'il est très grand ou si c'est la pièce qui est très petite. Ce qui est sûr, c'est qu'il est très haut. Entre le sommier, le matelas, le surmatelas et la couette, il m'arrive au niveau de la hanche. Je fais, avec la main, ce petit mouvement horizontal que je faisais quand j'étais petite, pour comparer ma taille à celle de Laura. Je croise aussitôt mes mains dans le dos quand j'aperçois le sourire en coin se dessiner sur le visage de Maxime.

— Je vais dormir par terre, dit-il.

— Ne dis pas n'importe quoi. S'il y en a un de nous deux qui doit dormir sur la moquette, c'est moi. Et bon… je n'en ai pas trop envie.

Je souris et, les bras écartés, je me jette sur la couette qui s'écrase au ralenti. Maxime allume l'écran de télévision accroché au mur en face du lit. Je trouve ça merveilleux.

— Ah cool. J'adore cette chanson, tu connais ?

Je secoue la tête.

— Non. Elle s'appelle comment ?

— C'est *Last Chance* de Marcus J. Miller.

Il fredonne les paroles quelques secondes puis se tourne à nouveau vers moi.

— Tu as faim ? Tu veux manger quelque chose ?

Comme je ne réponds pas, il attrape le menu et me le glisse sous les yeux. Je regarde les prix puis le nom des plats.

— Ça va aller…

— T'as mangé ?

— Non.

— Alors prends quelque chose.

Je regarde à nouveau la carte.

— Un croque-monsieur.

— Sûre ?

— Oui.

Il décroche le téléphone et compose le numéro de la réception.

— Bonsoir, ce serait pour commander un croque-monsieur pour la 12. Merci.

Et il raccroche. C'est aussi simple que cela et pourtant, j'aurais été incapable de le faire.

* *
*

— Tu dors ?

— Non et toi ?

Je ris.

— Oui. Je t'ai jamais dit que j'étais somniloque ?

— Somni quoi ?

— Laisse tomber.

Le silence revient et j'entends au son de sa respiration qu'il ne dort toujours pas. Je me tourne sur le côté et j'observe la nuit entre les rideaux mal fermés de la chambre.

— Pourquoi tu es partie ?

— Comment ça ?

— Billie...

Je pousse un long soupir.

— Je n'étais pas à ma place. C'est tout.

— Ah, parce qu'on a des places dans la vie ?

Je me tourne vers lui et je le fixe un instant.

— Il faut être parfaitement à la sienne pour ne pas comprendre ça.

Il ne répond rien. Ses yeux se détachent des miens et se posent à présent sur le plafond. Je regrette ce que je viens de dire, je préférais quand il me regardait. Je m'approche de lui et doucement, je lui prends la main. Je sens aussitôt mon cœur battre et je me demande s'il y aura toujours cette chose entre nous. Si sa main aura toujours cette forme parfaitement adaptée à la mienne alors que nous n'avons pas été sculptés dans la même roche et que ce soir, plus que jamais, j'ai conscience que la vie qui nous attend ne nous offrira pas les mêmes perspectives.

Il se tourne vers moi, ses doigts se défont des miens et viennent se perdre dans mes cheveux. Il dégage mon visage d'une mèche qu'il replace derrière mon oreille et il répète ce geste encore et encore, dans une infinie tendresse.

— Tu vas faire comment… je veux dire, sans Marcel ?

— Je ne sais pas.

— En tout cas… en tout cas, je suis là. Je sais que ce n'est pas forcément l'impression que je donne. Mais je te promets que je suis là.

Je suis sur le point de répondre mais quelque chose se bloque dans ma gorge et m'empêche de prononcer le moindre mot. Des larmes se mettent alors à couler le long de mes joues ; je voudrais les arrêter mais c'est impossible. Elles coulent, silencieuses. Sans sanglots.

Maxime m'attire vers lui et ses bras m'entourent tout entière. Je ne bouge pas, je me laisse faire. Alors que je suis sur le point de m'endormir, je l'entends murmurer cette phrase.

— Billie, quoi qu'il arrive, je te le promets. Il y aura toujours une place pour toi à côté de moi.

Chapitre 10

2011

J'ai 20 ans. Je vis dans une chambre de bonne de huit mètres carrés située au-dessus d'une épicerie de nuit et juste en face d'une prison. C'est un ancien bâtiment historique construit en pierres rouges et si on ne le sait pas, on a du mal à croire qu'il abrite cette misère humaine. Comme partout finalement.

Ma fenêtre donne sur une grande avenue bruyante dont aucun double vitrage ne peut venir à bout. Des voitures stationnent en double file pour aller s'acheter un paquet de cigarettes, une grille de Loto ou une baguette de pain. Les warnings clignotent, les feux passent au rouge, les klaxons retentissent et à la fin, tout le monde lève les bras au ciel d'exaspération.

De ma fenêtre, accoudée à une grille en fer censée retenir la détresse humaine, je contemple ce ballet incessant qui me rassure. La vie ne s'arrête jamais, dans les grandes villes. J'ai parfois l'impression que Paris m'avale. Mais je ne m'en rends vraiment compte que quand elle me recrache.

Pendant des années lorsque j'étais enfant, j'ai voulu que le plafond de ma chambre ressemble à un ciel étoilé. Et puis il y a eu cette semaine, juste après la mort de Marcel. Cette semaine sans plafond où j'ai vu à quel point le malheur ressemblait à l'infini. Depuis je ne cherche plus les étoiles, je sais que dans ce ciel-là, il n'y en a pas.

C'est lors de cette semaine que j'ai perdu contact avec Maxime. Après m'être rendue devant son lycée et l'avoir vu, avec ses chaussures de marque et son sac à dos suspendu nonchalamment à l'une de ses épaules. Je n'avais pas pris de douche depuis cinq jours. Il riait comme un enfant et j'ai su alors que si nous n'avions jamais eu les mêmes codes, nous n'avions désormais plus le même âge. Je suis restée là, cachée derrière un platane, à l'observer plusieurs minutes en me disant que c'était sans doute la dernière fois que je le voyais. Et puis je suis partie. Sur mon chemin, j'ai reconnu cette boulangerie dans laquelle nous nous étions arrêtés quelques années plus tôt. Sans réfléchir, j'ai poussé la porte. J'ai demandé un croissant et mon regard s'est posé sur ce bout de papier accroché au comptoir. Une petite annonce rédigée à la main par une famille qui cherchait quelqu'un pour s'occuper de ses trois enfants. Une offre d'emploi avec un logement. De quoi patienter jusqu'à ma majorité.

Que se serait-il passé si je n'étais pas allée jusqu'à Maxime ce jour-là ? Combien de temps serais-je restée à errer dans la rue ? J'y ai pensé plus d'une fois. Quand cela arrivait, je composais les dix chiffres de son numéro de téléphone. Mais je n'ai jamais appuyé sur la touche appel.

Tout cela me paraît loin.

Désormais, une fois par mois, je dépose mon loyer dans une enveloppe, à un homme qui n'a pas besoin de garant. Juste de liquide. Le beau-frère du cousin de Salomé, une fille qui travaille avec moi. Un jour elle m'a dit : « Tu devrais mettre du mascara, ça t'ouvrirait le regard. » Je ne savais pas si elle parlait au sens propre ou au figuré mais dès le lendemain, j'ai acheté un mascara chez Sephora. Il a ensuite fallu que j'achète du démaquillant et du coton et j'ai pensé à cette spirale infernale de la consommation pour laquelle je n'ai pas vraiment les moyens. Mais bon, j'ai les yeux ouverts désormais. Et je vois bien que ceux des garçons s'ouvrent aussi.

Trois soirs par semaine, je travaille comme ouvreuse dans un théâtre parisien. Le reste du temps, je suis caissière dans un Franprix. Un client sur deux me souhaite bon courage, et je souris aimablement à leur snobisme bienveillant.

J'ai rencontré un garçon au comptoir du bar dans lequel j'ai mes habitudes. J'y prends un verre après le théâtre. Du vin blanc qui déborde presque d'un verre à ballon que je ne paie qu'un soir sur deux. C'est un garçon aux yeux très bleus et à la peau très mate qui ne parle pas beaucoup. Il s'appelle Clément et c'est exactement ce qu'il est.

La nuit je danse avec Salomé sur les tables dans des endroits où la musique est si forte qu'elle cogne contre ma poitrine. J'ai l'impression d'avoir un second cœur et je considère alors que je suis doublement vivante. Au petit matin, mes talons à la main et zigzaguant entre les morceaux de verre, je ne rentre quasiment jamais chez moi. À la place, je pousse la porte de l'appartement de Clément et je me glisse sous les draps. Dans ses bras.

Cette histoire ne me fait ni chaud ni froid. Je ne suis ni heureuse ni malheureuse, j'ai l'humeur tiède. Cette relation est une saison et il s'agit de l'automne. Trois mois d'indécision. Un manteau en terrasse aux prémices de l'hiver, une écharpe autour du cou à la sortie de l'été. Quelque chose d'à la fois utile et encombrant. Mais à cette époque, ce n'est pas comme ça que je vois les choses. À cette époque, je crois que l'amour consiste à être aimé.

Un jour, sur un coup de tête, je décide de me teindre les cheveux en blond. Quand il le découvre, Clément ne fait aucun commentaire. Il se contente de passer la main dans ma tignasse, de sourire et de m'embrasser. Il me dit : « Je voudrais te présenter à mes parents. » Je suis surprise mais il ajoute : « Ça fait tout de même six mois qu'on est ensemble », et je considère que c'est une raison valable. Alors j'accepte.

* *
*

Le soir même, au théâtre, une jeune fille très belle et très élégante passe la porte qui mène au balcon. Elle porte un jean noir, des mocassins en cuir mat et un trench beige qui semblent avoir été confectionnés spécialement pour elle. Je me dis que c'est peut-être vraiment le cas. Elle me tend sa place et m'informe qu'ils seront deux en précisant : « Il devrait arriver d'une minute à l'autre. » Elle sourit et une jolie fossette apparaît au coin de ses lèvres. Je l'accompagne jusqu'au premier rang et lui indique son siège. Elle me remercie d'un sourire sincère avant de présenter ses excuses : elle n'a pas de monnaie mais son copain en aura. Je me retourne pour remonter les marches d'un pas à la fois souple et élancé car de toutes les marches du monde, ce sont celles que j'ai le plus foulées. Je sais, par exemple, que la moquette de la troisième se décolle légèrement sur le côté droit, que la sixième grince et que la dernière est un peu plus haute que les autres. Je le sais et pourtant, ce soir-là, en voyant le jeune homme franchir la porte, je l'oublie. Mon pied cogne sur ce centimètre supplémentaire et je trébuche sur le velours qui recouvre le plancher. J'ai juste le temps de m'accrocher à quelque chose, un bras, qui s'avère appartenir à Maxime. Il m'observe quelques secondes et sourit d'un air moqueur.

— Tu es blonde.

Ce point le surprend plus encore que ma présence. Je me redresse et fais un pas sur le côté pour le laisser passer.

— Et toi, tu es en retard.

Il fait un rapide signe de la main à la jeune fille que je viens de placer.

— Tu travailles ici ?

— Oui, trois soirs par semaine.

— Pas mal comme décor.

— Y a pire.

Il est sur le point de dire quelque chose, mais je ne lui en laisse pas le temps.

— Désolée, des personnes m'attendent.

Je le contourne et récupère un couple de sexagénaires que j'installe au troisième rang. Je m'apprête à accueillir de nouveaux spectateurs quand je le vois se lever de sa place et venir jusqu'à moi.

— Charlotte m'a dit qu'elle n'avait pas de monnaie…

Il glisse un billet de 5 euros au creux de ma main et avant que je n'aie le temps de réagir, il retourne s'asseoir.

* *
*

Je rejoins Clément et ses parents dans une brasserie chic du 5e arrondissement de Paris. Je suis en retard et ils sont tous les trois déjà là, assis sur une banquette. Sa mère ressemble à Claire Chazal les jours d'attentat terroriste et son père, à un homme qui s'en fout un peu. Je regrette aussitôt d'être venue. J'ai à peine le temps de m'asseoir qu'ils me demandent ce que je fais dans la vie. J'ouvre la bouche pour répondre quelque chose, mais aucun son ne sort. Je ne fais rien. Je scanne des codes-barres la journée, je place des gens sur des sièges le soir et la nuit, je danse sur des tables de boîtes de nuit parisiennes qui me laissent entrer sans payer. Mon regard se perd dans les yeux bleus de cette femme et la vérité me percute alors de plein fouet : il n'est jamais trop tôt pour rater sa vie. Je finis par lui parler d'une vague histoire d'année sabbatique à laquelle elle ne croit pas. Mais elle est bien élevée, alors elle acquiesce en souriant.

Je vois bien qu'elle est déçue, que je ne suis pas celle qu'elle imagine pour son fils et lire cette information dans le regard d'une inconnue réveille quelque chose en moi.

Je ne sais rien d'eux, mais je sais parfaitement qui ils sont. Un couple de provinciaux qui a réussi. Ils ont une pharmacie dans une ville de taille moyenne, pas loin de l'église et de la boulangerie. Sur la devanture, on peut lire : « Depuis 1952 » et on comprend que pour eux, tout était écrit d'avance. Un jour Marcel avait dit « C'est un notable » en parlant du père de Julie et j'avais été surprise par le double sens du mot. Les notables, eux, se font remarquer.

Sous la table, la main de Clément glisse au creux de la mienne. Cette fois je l'attrape et je la serre. Ce n'est toujours pas de l'amour. C'est surtout beaucoup de lâcheté. Mais je me sens couler dans cette vie d'adulte trop grande pour moi alors je m'accroche. Il me sourit.

— Billie ?

— Oui ?

— Tu en penses quoi ?

Ils me dévisagent tous, mais je n'ai aucune idée de ce qu'ils viennent de dire.

— Ce n'est peut-être pas une si bonne idée, soupire sa mère.

Clément ignore sa phrase et reprend ce qu'il a déjà dû dire une première fois.

— Mon père a vu une offre d'emploi qui pourrait t'intéresser.

— Pas quelque chose de permanent évidemment, s'empresse-t-elle d'ajouter.

Il la foudroie du regard.

— Arrête un peu, maman.

Il se lève, va chercher un stylo-bille près de la caisse enregistreuse puis il revient et note des coordonnées sur une serviette de table.

* *
*

Je suis assise dans une salle d'attente et j'attends. Je récite la table de neuf dans ma tête, c'est toujours ce que je fais quand je ne sais pas quelle attitude adopter. C'est Maxime qui m'avait appris cette technique le jour où il avait fallu expliquer ce que nous faisions dans cette église en pleine nuit. Tout ça parce que, dans la précipitation, cet idiot avait fait tomber son porte-monnaie. Heureusement, sa tante nous avait couverts. La table de trois pour avoir l'air occupé mais décontracté. La table de treize pour se donner un air habité par des réflexions existentielles. Et puis la table de neuf pour un air sérieux et impliqué. Un jour je la connaîtrais tellement bien, cette table, que la technique ne fonctionnera plus. En attendant, je compte.

J'ai rendez-vous avec Mme Rosier, une personne à qui j'ai envoyé mon CV et une lettre de motivation et qui a accepté de me recevoir alors que je n'ai ni le profil ni les compétences. Elle me dira plus tard que c'est mon inscription au bac en candidat libre qui l'a décidée. Elle sait ce qui se cache derrière cette ligne.

Quand elle ouvre la porte de son bureau, je découvre une femme d'une cinquantaine d'années, les épaules larges, les cheveux tirés en arrière et un pas vraisemblablement décidé à écraser tout ce qui pourrait se trouver sur son passage. Elle me tend une main ferme et m'invite à la suivre. Elle n'est pas encore assise qu'elle commence déjà à parler.

— Bien. Je ne vous cache pas que si vous êtes là, c'est uniquement parce que la personne que l'on avait choisie vient de se désister. Nous n'avons plus le temps de relancer un processus de recrutement. Votre CV est arrivé au bon moment, c'est aussi bête que cela. Mais c'est souvent de cette manière que fonctionne la vie. Si vous l'apprenez aujourd'hui, il ne faudra jamais l'oublier.

Elle porte une veste de tailleur rouge dont elle attache le bouton du milieu et qui lui donne un drôle d'air chaque fois qu'elle croise ses bras. Elle marche vite, parle vite. Elle s'énerve vite, aussi. Mais elle aura pour moi cette affection inexplicable.

— Vous le voulez, ce poste ?

— Oui, madame.

— Très bien. Vous commencez lundi.

Elle se lève, se dirige vers la porte et quand je passe à ses côtés, elle ajoute : « Ne me décevez pas. »

En sortant de cet entretien, je m'arrête dans une grande librairie située dans un centre commercial. J'achète *La Culture générale pour les nuls*. J'ai l'impression que ce livre a été écrit pour moi.

* *
*

Je ne suis plus caissière, je ne suis plus ouvreuse. Je travaille à la rédaction d'un journal, même si pour l'instant, j'apporte surtout des cafés, je distribue le courrier, j'accueille les rendez-vous extérieurs, je réserve des salles de réunion. Parfois, je dois rédiger des mails que l'on me dicte ou recopier des articles écrits par des journalistes afin de les mettre en ligne. Ce n'est pas dans ma fiche de poste, mais ça coûte moins cher que d'embaucher quelqu'un. Même un stagiaire. Le bâtiment est un vieil immeuble parisien de plusieurs étages desservis par un grand escalier en bois vernis. Il y a un ascenseur aussi. Mais l'emprunter, c'est prendre le risque de respirer l'haleine de la personne qui est montée avec nous. Un mélange de clope, de café et parfois de menthe fraîche pour ceux qui essaient de camoufler le reste. Je préfère emprunter l'escalier même si un journaliste me dira un jour que prendre l'ascenseur est un choix politique. Il me faudra des mois pour comprendre ce qu'il voulait dire.

Le dernier étage se trouve sous les toits. Là-haut, tout le monde fume dans les bureaux et des bouteilles vides de champagne jonchent le sol dès le lundi soir. Les journalistes sont tous jeunes, même ceux qui sont vieux, et ils portent des chaussures qui n'existent pas encore et n'existeront plus la saison prochaine. Leur domaine, c'est le *lifestyle*, les tendances, la mode. Au moins une fois par jour, je monte déposer des colis de marques contenant des parfums, des vêtements ou des fleurs avec un mot de remerciements. Je crois qu'aucun d'entre eux ne serait capable de me reconnaître dans la rue. C'est à cet étage aussi que se trouve une journaliste qui n'a rien à faire là mais qui refuse de changer de bureau tant qu'elle travaille ici. C'est une grande reporter, l'une de celles qui ont connu la belle époque comme elle dit, lorsqu'il suffisait de prendre un avion avec une idée en tête et de revenir avec un article et tout un tas de notes de frais. « Et puis en business, l'avion ! » Michelle ne prend même pas la peine de fumer à la fenêtre, elle écrase ses cigarettes là où elle peut. Parfois c'est sur un post-it. Elle me dit tout le temps de ne surtout pas devenir journaliste, que ce n'est plus un métier mais que de toute façon, des métiers, il n'y en a plus vraiment. On ne responsabilise plus personne de nos jours. Elle allume une nouvelle cigarette et puis elle me regarde en plissant les yeux.

— Rappelle-moi ton prénom, déjà ?

— Billie.

— Ah oui, Billie.

— Je suis à l'accueil.

Elle hoche la tête.

— C'est Nelly qui t'a recrutée ?

— Mme Rosier, oui.

— Bien. Elle ne se trompe jamais.

Au même moment, le téléphone qui se trouve dans la poche arrière de mon jean se met à sonner. Un livreur m'attend en bas. Je suis sur le point de partir quand Michelle m'arrête.

— Elle ne t'a pas encore proposé de faire des piges ?

— Des piges ? Non…

— Le journalisme est mort mais la culture survivra à tout le reste. Si elle te le propose, accepte.

Le lendemain, Mme Rosier me dépose un dossier sur mon bureau. Tout chez cette femme m'impressionne. Elle a cette personnalité masculine qu'il a fallu avoir à une époque pour ne pas se faire marcher sur les pieds. Du moins c'est ce qu'elle pense.

— Michelle m'a dit que tu voulais faire des piges. Tu vas commencer par ce reportage qui sera diffusé sur Arte dans deux semaines. Un groupe de femmes de plus de 60 ans qui vivent ensemble dans une résidence autogérée. Ça s'appelle la maison des Babayagas, c'est Thérèse Clerc qui l'a fondée. Tu connais Thérèse Clerc ?

— Non…

— Bon, eh bien tu vas la découvrir. Tu visionnes le reportage et tu écris un article de neuf cents signes. Ton neutre, on ne veut pas ton avis. Juste les faits. Tu me l'envoies mercredi.

Elle croise ses bras, sa veste rouge remonte au niveau des épaules, elle tourne les talons et puis elle s'en va.

* *
*

J'ai rendu le papier dès le lendemain et Mme Rosier a simplement répondu : « Merci. » La semaine suivante, il était là, sur l'une des pages du magazine. Quelques lignes à peine, que peut-être personne ne lira. Mais en bas, à droite, il y avait mon nom : Billie Letellier. J'ai relu l'article, l'article puis mon nom, mon nom puis l'article. J'ai passé mon doigt plusieurs fois sur le papier pour vérifier qu'il ne s'effaçait pas. Mais j'ai arrêté car à force il commençait quand même à disparaître. Le lendemain, Mme Rosier me déposait un autre dossier sur mon bureau sans prononcer le moindre mot. Juste un post-it jaune : « Pour vendredi. »

Un jour, alors que je monte des colis au dernier étage, je croise Michelle en haut de l'escalier qui fume une clope en contemplant la tapisserie.

— Tiens, salut Billie ! Alors ça y est, tu écris des articles ?

— Oui.

— C'est bien.

— Vous disiez que le journalisme n'était pas une bonne idée.

Elle hausse les épaules.

— Il y aura toujours quelqu'un pour te décourager de faire quelque chose. Mais il ne faut pas chercher à éviter les emmerdeurs. C'est grâce à eux que tu sais vraiment ce que tu veux dans la vie. Ce qui t'habite.

Elle écrase sa cigarette sur la semelle de sa chaussure et replace le mégot dans un paquet. D'un geste, elle attrape sa chevelure poivre sel pour l'enrouler dans un chignon qu'elle fixe avec un stylo.

— Faire ce que l'on nous autorise, ça c'est facile. C'est ce que fait tout le monde. En revanche, faire ce qui est interdit, c'est autre chose. Faire, alors que c'est interdit, insiste-t-elle, ça, ça dit quelque chose de nous.

Chapitre 11

2012

Je passe moins de temps debout sur les tables et plus de temps chez moi. J'ai enfin réussi à acheter un ordinateur et le voisin du dessous a accepté de me donner son code WiFi. En échange, je dois nourrir son chat quand il est en déplacement. Je ne suis plus obligée de rester au travail pour écrire des piges. Je vais moins chez Clément aussi, alors c'est lui qui vient. Parfois il arrive tard dans la nuit, après ses soirées étudiantes dont il rentre imbibé d'alcool. Le matin, je le réveille en le poussant hors des draps et il se laisse rouler sur le parquet où il finit sa nuit. Je replie le clic-clac pour pouvoir ouvrir la porte et partir travailler.

J'ai 21 ans et j'ai la vie dont j'ai toujours rêvé. Je crois. J'ai un travail, un salaire, un appartement. Quelqu'un qui s'inquiète quand je ne réponds pas au téléphone. Des factures à payer et de l'argent pour le faire.

De temps en temps, Clément m'invite au théâtre. Je glisse alors quelques pièces dans la main des ouvreuses qui nous conduisent jusqu'à nos places. À la fin de la représentation, on va boire un verre en terrasse en été comme en hiver car il fait désormais toujours 20 degrés à Paris, sous les parasols chauffants. Je lui demande ce qu'il a pensé du spectacle et il répond toujours qu'il était super et ça s'arrête là.

Clément m'embrasse beaucoup et, ça aussi, je pense que c'est de l'amour. Alors que c'est juste qu'on n'a pas grand-chose à se dire.

Le week-end, il me propose de le rejoindre dans l'un des grands appartements où vivent trois ou quatre de ses copains. République, gare du Nord, Barbès-Rochechouart, les appartements sont différents et pourtant, ce sont toujours les mêmes. Du parquet en point de Hongrie, des moulures au plafond, des cheminées en marbre blanc, et puis au milieu de ce décor luxueux, essentiellement des meubles Ikea.

Les soirées commencent le jeudi soir, mais il arrive bien souvent que ce soit aussi le mardi ou le mercredi. Des dizaines de bouteilles se mêlent les unes aux autres, sans aucune logique, partout où il est possible de les poser. Du rhum, de la vodka, de la piquette et puis parfois, une bouteille de bon vin subtilisée dans la cave parentale. Mais personne ne fait vraiment la différence.

Tout colle. Les tables, les goulots, le sol, les poignées. L'alcool s'est déversé aux quatre coins de l'appartement sans que cela ne dérange personne. Après tout, sur la cinquantaine d'invités, quasiment aucun n'habite ici.

J'arrive toujours sur les coups de 22 heures, quand je suis sûre que la soirée a commencé depuis un moment et que personne n'est plus sobre pour remarquer ma présence.

Ce soir-là, je repère Clément dans un coin de la pièce. Il discute avec une fille que j'ai déjà vue mais dont j'ai complètement oublié le prénom. Il ne m'a pas vue entrer et je l'observe discrètement. C'est quelque chose que j'aime faire, car nos proches sont toujours différents en notre absence. J'envie sa légèreté, ses mains qui s'envolent quand il parle, son rire bruyant. J'ai l'impression d'avoir déjà été comme ça pourtant. Mais c'est une partie de moi que je ne parviens plus à retrouver.

Je me faufile jusque dans la cuisine et je me sers un verre de rhum dans lequel je presse un quart de citron vert trouvé sous un paquet de chips. La musique est trop forte et j'imagine que d'ici deux heures les voisins viendront menacer d'appeler la police. Peut-être même avant. Les enfants qui essaient de dormir et les parents au bout du rouleau, tout cela me dépasse tant à cette époque. Je bois mon premier verre en trois gorgées afin de rentrer rapidement dans l'ambiance et je m'en ressers aussitôt un autre. Sans cela, je vais me mettre à remarquer les chaussures sur le canapé, la flamme des briquets qui frôle les cheveux et puis surtout le bonheur insouciant des autres.

Je retourne dans le salon et je croise le regard de Clément qui me fait aussitôt de grands signes. Il m'invite à les rejoindre, lui et cette fille avec qui il discute depuis tout à l'heure et qui me dit vaguement quelque chose. J'imagine que c'est ici même que je l'ai déjà croisée, lors d'une précédente soirée.

— Billie, je t'ai parlé de ce partenariat entre notre école d'ingé et une école de commerce, une sorte de synergie entre leur profil et le nôtre. Ils appellent ça un cursus entrepreneurial. Ils doivent s'imaginer qu'on va leur sortir un truc révolutionnaire avec un nom pareil... genre le nouvel iPhone. Mais bon, vu tout ce qu'on boit le week-end, il risque d'y manquer quelques touches, sur leur machin.

Il se met à rire et son verre se renverse sur le parquet.

— Merde, je suis con. Billie, je te présente Charlotte. Charlotte ben, Billie, du coup. Je reviens, je vais me resservir.

— Enchantée, dit-elle dans un sourire qui laisse apparaître une rangée de dents blanches parfaitement alignées.

Je souris à mon tour sans parvenir à desserrer mes lèvres.

— C'est sympa que vous ayez des grandes colocations comme ça. Les soirées doivent y être formidables.

— C'est assez répétitif comme principe, mais oui, c'est sympa. C'est la première fois que tu viens ?

— Oui, mon amie Anna a fortement sympathisé avec Arthur…

Elle dit cela dans un nouveau sourire qui creuse cette fois une fossette dans sa joue gauche et soudain je me souviens. Charlotte, Maxime, le théâtre, le pourboire. Une année s'est écoulée, mais ce visage s'est fixé dans ma mémoire. Je sens ma poitrine se compresser et j'ai des difficultés à respirer.

— Quelque chose ne va pas ? dit-elle en posant doucement sa main sur mon bras.

— Non… si… je… On s'est déjà vues, non ?

Elle me fixe en fronçant les sourcils. Elle ne comprend pas ma question ni mon changement d'attitude. Elle répète, calmement, ce qu'elle m'a déjà dit une minute plus tôt.

— Non, je ne crois pas… C'est la première fois que je viens à une soirée de l'EICnam… C'est Anna… mon amie, Anna. Elle aime bien Arthur… elle ne voulait pas venir seule, alors j'ai accepté de l'accompagner. Tu veux peut-être que l'on aille s'asseoir quelque part ?

Je me laisse faire et elle m'emmène jusque dans l'une des chambres. Là, elle m'installe sur le lit, par-dessus une pile de manteaux avant de disparaître pour revenir quelques minutes plus tard avec un verre d'eau.

— Tu as mangé quelque chose avant de venir ?

— Des raviolis. Ceux en boîte, tu sais.

Elle rit.

— Oui, je vois, les pires ! C'est immonde ces trucs.

Je bois une gorgée d'eau pour éviter son regard. À cette époque, ces trucs immondes constituent 50 % de mon alimentation. Parce qu'ils tiennent à l'estomac, parce qu'ils chauffent en trente secondes au micro-ondes et puis parce qu'ils coûtent moins d'un euro.

* *
*

— Je rejoins mon copain à une autre soirée. Mais si tu veux, je peux te raccompagner chez toi. C'est peut-être plus prudent…

— Je peux venir avec toi ?

— Oh. Oui, avec plaisir. Mais… tu es sûre ?

— J'ai besoin de changer d'air.

— Alors d'accord. Je vais prévenir Anna de mon départ et on se retrouve en bas de l'immeuble dans cinq minutes.

* *
*

L'appartement ressemble à celui que nous venons de quitter, à part que la musique y est beaucoup plus forte. Charlotte m'explique que l'immeuble entier appartient à la famille de Martin, et que personne n'est là ce week-end. Elle dit cela sur un ton neutre, comme si tout était parfaitement normal. L'immeuble, mais la famille aussi. J'en conclus qu'aucun voisin ne viendra sonner pour se plaindre des nuisances sonores.

Elle se faufile parmi les invités et me présente à chacun d'eux d'une manière à la fois douce et élégante. C'est bien plus que de la politesse, c'est du savoir-vivre et je constate que Charlotte et moi n'avons pas appris à vivre de la même façon. Elle m'explique qu'elle est née à Singapour, mais qu'elle a vécu plus de temps à Sydney avant de revenir faire ses études à Paris. Elle me raconte ses parents toujours là-bas, les quinze nationalités dans sa classe, la plage après les cours. Elle dit : « C'était bien, mais bon, ce n'est pas Paris. »

— Et toi alors ?

— Moi heu, je...

— Ah tiens. Excuse-moi de te couper. Billie, je te présente Maxime.

Et c'est lui. Le même qu'il y a un an mais je le sais aussi, le même qu'il y a dix ans. Avant qu'il n'ait le temps de dire quoi que ce soit, je lui tends la main.

— Enchantée.

Il me regarde quelques secondes, se demande sans doute à quoi je joue. Il finit lui aussi par me tendre la main pour attraper la mienne, un demi-sourire aux lèvres.

— Enchanté Billie. On ne s'est jamais rencontrés il me semble.

Je suis sur le point de répondre, mais Charlotte me devance.

— Effectivement, Billie était avec moi à la soirée d'Arthur. Elle a voulu prendre un peu l'air...

Elle me sourit avec douceur avant de me faire un discret clin d'œil. Sans doute pense-t-elle que nous partageons un secret. Et c'est déjà une trahison.

— Je vais me chercher quelque chose à boire, dis-je à Charlotte. Je te retrouve plus tard.

* *
*

Je sirote un verre dans un coin de l'appartement quand Martin vient me parler. Il est grand, blond, un nez en demi-lune et une pomme d'Adam qui se balade d'un bout à l'autre de son cou. Je n'ai aucune idée de ce dont il me parle mais pas une seule fois il n'aborde le fait que je n'ai rien à faire ici. Je me mets à penser que je n'ai pas plus à faire ailleurs.

Au milieu de notre conversation, je remarque Maxime à l'autre bout de la pièce. Il discute avec un couple qui me tourne le dos quand soudain, mes yeux rencontrent les siens. Une seconde.

— Tu m'as dit que tu faisais quoi, déjà ?

— Hein ?

— Tu étudies dans quelle école ?

— Je travaille. Je travaille dans un journal.

— Ah oui journaliste, c'est bien ça.

Je ne le contredis pas et me contente de sourire. Je sens alors mon téléphone vibrer dans la poche de mon pantalon. Un message s'affiche sur mon écran : « Tu as changé de numéro ? » Je réponds un rapide « oui » puis je lève aussitôt la tête dans sa direction. La lumière du téléphone éclaire son visage et je le vois sourire. Je ne lâche pas son regard.

— Bon eh ben c'était cool de te rencontrer.

J'avais presque oublié la présence de Martin.

— Attends ! Tu n'as pas vu Charlotte ?

— Elle est allée chercher Anna. Apparemment elle s'est encore fait des films avec un mec.

Il lève les yeux au ciel puis il s'en va.

* *
*

Chaque fenêtre a son propre balcon, une sorte d'avancée dans le vide qui donne sur la rue. Quand je regarde vers le bas, un léger vertige me saisit. Alors c'est ce que je fais : je regarde vers le bas. L'espace d'une seconde, je me demande ce qui me retient. Il suffit d'un geste après tout. Un geste et tout s'arrête. C'est à la fois un mélange de grande puissance et d'extrême légèreté. En réalité, que ce soit si facile me terrifie. Je plonge mes lèvres dans mon verre et avale une bonne gorgée pour dissiper mon trouble. Je ne sais plus exactement ce que je suis en train de boire et après tout, ce n'est pas très important. Ce que je préfère dans l'alcool, ce sont ses effets, pas son goût.

La fenêtre derrière moi s'ouvre et une vague de décibels m'envahit. Je n'ai pas le temps de me retourner qu'il est là, les coudes sur la balustrade.

— Je suis allé au théâtre le lendemain. Mais ils m'ont dit que tu n'y travaillais plus.

— Effectivement.

Il sourit.

— On ne sait jamais quand tu arrives, on ne sait pas non plus quand tu repars. C'est le mystère Billie.

Je n'ajoute rien et lui non plus. Nous restons là côte à côte, sans bouger pendant plusieurs minutes. Je fixe l'immeuble d'en face, une fenêtre sombre à travers laquelle on ne voit rien et où j'imagine tout.

Et puis soudain, je n'ai plus envie d'être là. Tout m'oppresse : la nuit noire, le balcon trop petit, la musique trop forte, les gens trop nombreux, les souvenirs trop absents. Je pousse la fenêtre de l'appartement.

— Tu vas où ?

— Je m'en vais.

Il rit, mais son rire sonne faux.

— Tu n'arrêteras donc jamais.

— De quoi ?

— De partir.

Je hausse les épaules.

— On ne part pas vraiment quand on vient de nulle part.

Je lui tourne le dos, ouvre la porte-fenêtre, enjambe l'embrasure. Au dernier moment, mais peut-être faut-il accepter que la vie ne soit que ça, des derniers moments, je me tourne vers lui.

— Bon, tu viens ?

* *
*

Je descends l'escalier à toute vitesse. Je me dis qu'il ne faut pas seulement qu'il vienne. Il faut surtout qu'il me *rattrape*. J'avale les marches deux par deux et en moins d'une minute, je me retrouve dans la rue, le cœur battant. J'entends la porte claquer dans mon dos. Elle est grande et lourde, et je sais que s'il m'avait suivie, elle n'aurait pas claqué aussi rapidement. Il l'aurait retenue quelques secondes, le temps de se glisser derrière moi.

Je n'ai pas envie de rentrer me coucher, mais je n'ai pas la moindre idée d'où je pourrais aller. Je tourne la tête à gauche puis à droite avec ce sentiment que chaque décision est une destination que l'on ignore encore. Un bruit m'arrête. Je me retourne et il est là, les mains enfoncées dans ses poches, avec l'air de celui qui sait qu'il est en train de faire les mauvais choix. Je vois dans ses yeux cette flamme, celle de l'instant présent, celle qui brûle tout sur son passage. Surtout les projets d'avenir.

Dix minutes plus tard nous poussons la porte d'un bar minuscule, l'un de ceux que l'on ne remarque jamais. Pas même quand on passe devant tous les jours. À l'intérieur, derrière la buée qui grimpe le long des vitres et trébuche en de lourdes gouttes, il y a des habitués dispersés sur plusieurs tables. Notre arrivée leur fait lever la tête dans un mouvement unique avant de revenir à leurs discussions. Il y a des prénoms qui fusent, des tapes sur les épaules et des rires gras. L'homme derrière le comptoir nous observe quelques secondes lui aussi, avant de tourner la tête pour reprendre sa conversation. On s'installe au bout du comptoir et longtemps je penserai que ce choix, c'était surtout une manière de ne pas regarder la vérité en face.

Le barman nous fait glisser deux verres que je ne me souviens pas avoir commandés. Ce mystère ne semble pas vraiment nous perturber. On trinque et puis on boit. Maxime me demande ce que j'ai fait pendant toutes ces années. « Depuis la fois où tu m'as dit que tu serais toujours là ? » Il répond que je n'ai pas appelé et c'est vrai. Je ne l'ai pas appelé. Il me dit : « Tu n'as pas changé » et je me moque de lui car c'est ce qu'il me dit à chacune de nos retrouvailles, depuis que l'on a 8 ans.

— Je sais. Mais tu ne changes pas Billie. Tu grandis, tu deviens une femme, mais tu ne changes pas.

Je pouffe dans mon verre et j'avale une gorgée pour laisser le silence revenir. Une femme, quelle drôle d'idée. Pour être une femme, il faut déjà être une adulte, non ? Mais c'est quoi, être adulte ? La fin de l'enfance ? Si c'est le cas, j'ai peut-être toujours été une adulte. Je prends une autre gorgée et je remarque qu'il me fixe, les sourcils froncés.

— Ça va ? demande-t-il.

— Il s'est passé quoi depuis la dernière fois qu'on s'est vu ?

— La nuit d'hôtel ?

— Oui.

Il sourit.

— Tu veux que je te raconte quatre ans de vie ?

Je hoche la tête.

Alors il me raconte les jours qui ont suivi cette nuit où nous avons fini par nous endormir au milieu d'une phrase, à 4 heures du matin. Sa mère qui appelle chez son copain dès le lendemain, avec une excuse qui ne tient pas la route et qui comprend qu'il n'y a jamais eu d'exposé. Sa mère qui lui demandera en boucle où il a passé la nuit et ces jours à ne rien lâcher, quitte à être privé de tout. Même de foot. « Il fallait bien que cette rupture arrive à un moment ou à un autre. » Il ajoute : « Après tout, je venais d'avoir 18 ans. » Il ne dit rien d'autre, mais je sens que la phrase n'est pas simplement une phrase comme on peut dire « il fait beau aujourd'hui », « le bus passe à 7 h 46 » ou « je t'ai préparé des spaghettis ». Je fouille alors dans ma mémoire, mes yeux font de rapides mouvements verticaux comme s'ils tentaient de scanner un document important et puis je comprends. Je comprends que c'était ce jour-là, son anniversaire. Ce jour que j'ai tant détesté et que je déteste encore aujourd'hui. Ce jour où j'ai sonné à sa porte et où il m'a demandé ce que je faisais là, avec cet air que j'ai mal pris alors que ce n'était rien d'autre que cette étrange coïncidence qui le surprenait. Moi, sur son paillasson, le jour de sa majorité. Je ne dis rien, je le laisse continuer. Remonter le fil de sa mémoire, me parler de cette période durant laquelle il passe son bac, envoie ses dossiers pour intégrer des classes préparatoires, rejoint un prestigieux lycée qui lui permettra d'intégrer cette fameuse école de commerce que ses parents ont toujours rêvé qu'il fasse. « Voilà, c'est tout, dit-il. Rien de bien exceptionnel. Un parcours classique », il précise. Je ne dis rien alors que je déteste cette expression. Le classique d'une minorité, l'exceptionnel d'une grande majorité. Il finit son verre qu'il repose sur le bar, fait un signe au serveur avant de se tourner vers moi.

— On en reprend un autre, non ?

* *
*

L'heure tourne mais cela n'a pas d'importance. Ce n'est pas le genre de bar qui respecte les contraintes d'une aiguille sur un cadran. Encore moins celles dictées par la loi d'un pays. À 2 heures, le patron se contente de tirer le rideau et puis c'est tout. La soirée continue, rideaux baissés. Tout le monde fume, même si c'est interdit depuis des années. Des Gitanes en plus, avec leur fumée bleue irrespirable dont l'odeur me plonge chaque fois dans un souvenir vague que je ne parviens pas à saisir. Il paraît que fumer tue. Mais il m'a toujours semblé que fumer des Gitanes, c'était du suicide. J'observe les hommes et les femmes autour de nous et je remarque que nous sommes les plus jeunes clients.

Je ne sais plus de quoi on parle, j'oublie tout. L'heure, la veille, le lendemain, mon téléphone au fond de la poche de ma veste. Clément. Je me souviens que je ris à m'écrouler sur le bar et à renverser ma tête en arrière et que le patron continue de nous apporter des verres avant qu'on ait pu terminer ceux qui se trouvent dans nos mains. Maxime me fait remarquer que cet homme réussit l'exploit d'être sympathique et pas sympathique en même temps. Je lui réponds que de toute manière, c'est exactement ce que l'on attend d'un serveur parisien.

— C'est vrai. On pourrait se faire engueuler mais tout aussi bien se faire inviter pour le poulet du dimanche.

Et il se met en tête cette idée saugrenue : obtenir cette invitation d'ici la fin de la soirée. Je l'observe tenter de créer un lien avec cet homme qui s'en fout. Glisser une blague qui ne prend pas et se tourner vers moi, non pas vexé, au contraire : amusé d'être si nul à son propre jeu. Le temps passe, c'est l'aiguille qui nous en informe alors on la croit. Ce n'est pas que l'on a perdu la notion du temps. Non. C'est juste que le temps, on s'en fout.

Quelqu'un allume une vieille chaîne hi-fi et les premières notes du *Mistral gagnant* résonnent. Quelques clients s'attrapent par les épaules et se balancent d'un pied à l'autre pendant les trois minutes que dure la chanson. Quand la musique s'arrête, chacun retourne à sa place, enroule à nouveau une main autour de son verre et poursuit sa conversation. Comme si ce qu'il venait de se produire n'avait jamais existé.

La scène nous paraît surréaliste. On se regarde et cela provoque une étincelle. On se met à rire la tête enfouie dans nos coudes, comme font les mauvais élèves couchés sur leur pupitre. Il me faut plusieurs minutes pour reprendre mon souffle et pour le regarder à nouveau et on pourrait repartir dans un grand rire, mais non. On se dévisage et je me dis que l'on est deux et cette pensée me rassure et me tient chaud. On est deux contre le reste du monde, ce monde qui se lève pour danser sur Renaud avant de se rasseoir pour fumer des Gitanes. Deux que tout oppose mais que la vie remet sans cesse sur le même chemin. Ou du moins, au croisement de deux routes.

— On va ailleurs ?

* *
*

Il est tard et tout est fermé. On marche côte à côte dans la rue, je ne sais pas où l'on va et j'espère que lui le sait. C'est ce que je me dis une fraction de seconde avant de me rendre compte qu'en réalité, je m'en fiche. On passe devant une boîte de nuit où une petite foule patiente derrière une barrière de sécurité en fer. Les filles ne portent pas de veste sur leur robe légère pour éviter de payer le vestiaire et elles grelottent en attendant que l'homme qui croise les bras devant la porte accepte de les laisser entrer.

On avance. Dans le mouvement de nos corps en marche, nos mains s'effleurent. C'est léger, c'est imperceptible et je me demande s'il en a conscience autant que moi. J'ai cette pensée, la première que l'on voudrait ne jamais avoir parce qu'alors, on sait qu'il est trop tard. Pour moi, nos mains s'effleurent mais peut-être que pour lui pas du tout. L'amour ce n'est rien d'autre qu'un état de conscience partagé.

Il s'arrête devant une grande porte en velours noir. Il sourit et, sur son visage de jeune homme, se superpose celui d'un petit garçon qui vient de glisser sur un skate sans en perdre le contrôle.

— Ça te dit ?

En guise de réponse, j'avance et pousse la grande porte.

* *
*

Dès que l'on pénètre à l'intérieur, la musique nous explose au visage. La salle est petite, presque oppressante, et la chaleur nous saisit aussitôt. L'obscurité y est quasi totale et seules quelques boules à facettes tournent sur elles-mêmes et distribuent un peu de lumière sur les murs et les banquettes qui les longent. Maxime me tend un verre. On trinque et je ne saurai jamais à quoi car ses lèvres bougent mais le son de sa voix s'envole pour se perdre dans les décibels.

Je le tire au milieu de la piste pour danser. Il fait quelques pas, un pied devant, un pied derrière, une chorégraphie peu harmonieuse qu'il répétera à l'identique, quel que soit le rythme de la musique.

Pour lui parler, je dois avancer mes lèvres près de son oreille, glisser mon visage au creux de son cou, m'accrocher maladroitement à son bras. C'est la seule solution pour qu'il entende ce que j'ai à lui dire. Se dire ce qu'on n'a pas vraiment à se dire et qu'on se dit quand même. On crie presque pour ces mots sans valeurs qui n'ont qu'un seul but, la proximité de deux corps, le vertige d'un souffle qui caresse la peau que l'on n'ose pas toucher. Chaque fois qu'il parle, mon ventre se tord et mon cœur se renverse.

« C'est la dernière, ils vont rallumer les lumières. » Cette idée me terrifie. Je lui attrape aussitôt la main pour que l'on se faufile vers la sortie.

* *
*

Je ne suis jamais montée dans un taxi. Si je sors, je m'arrange toujours pour attraper le dernier métro, prendre un bus de nuit ou bien marcher. Héler un taxi, donner une adresse, se laisser conduire quelque part sans se soucier des chiffres qui défilent au compteur, tout ça m'est impossible. C'est une question d'éducation, j'imagine. Par exemple, Marcel faisait toujours en sorte de ne pas payer son stationnement. On pouvait tourner des heures jusqu'à trouver une place gratuite mais jamais, jamais je ne l'ai vu glisser une pièce dans la fente d'un horodateur. Une année, je devais avoir 7 ans, nous étions partis pour la journée visiter un château en ruine à une trentaine de kilomètres de chez nous. À notre retour, lorsque la voisine nous avait demandé ce que nous en avions pensé, Marcel avait répondu : « Très bien, le parking était gratuit. » Elle avait ri avant de comprendre qu'il ne s'agissait pas d'une blague. La gratuité du stationnement avait contribué, pour Marcel, au même titre que la beauté de l'édifice, à la réussite de la journée.

Je pense à cette anecdote le front collé contre la vitre de ce taxi qui nous amène chez Maxime. Je songe à ce vieil homme qui ne se sera jamais fait conduire nulle part, si ce n'est à l'hôpital lors de ce dernier voyage. Je pense à Marcel et il y a toujours cette tristesse mais pour la première fois, il y a aussi la culpabilité de cette infime trahison que je suis en train de commettre. Je mets un pied dans un monde qu'il n'aura pas effleuré.

* *
*

Maxime vit dans une chambre de bonne située juste au-dessus de l'appartement de ses parents. Comme moi, il a moins de dix mètres carrés pour vivre, dormir, manger. C'est à la fois pareil et pas du tout. Il a un canapé-lit, une kitchenette, une douche minuscule. Mais quand ses placards sont vides, il a juste à descendre d'un étage. Et puis, il ne paie pas son loyer.

Il attrape une bouteille derrière ses casseroles et il me sert un verre. Pendant ce temps, mon regard parcourt les quelques photos scotchées au mur. Sur l'une d'elles, je reconnais sa mère avec un chat sans poil sur les genoux. J'imagine que c'est exactement elle et sa conception des choses, ce chat nu pour ne mettre aucun poil sur le canapé de son salon. Il y a Charlotte aussi. Son visage perdu au milieu de ses cheveux qui s'envolent au crépuscule d'une soirée d'été. Elle rit de ses mille dents et je ne me sens pas particulièrement coupable d'être là. J'imagine que nous sommes tous les deux en train de perdre quelque chose auquel on ne tient pas vraiment.

Dehors il fait encore nuit mais, je le sais, le jour n'est pas loin. C'est imperceptible pourtant, cette noirceur moins dense du ciel, le pépiement de quelques moineaux, le bruit d'une ville qui se réveille progressivement. Bientôt, on entendra le son mécanique du camion poubelle et ce sera le signal d'un basculement.

On s'assoit sur son lit qu'il n'a pas pris la peine de replier en canapé, ni même de faire. J'imagine que c'est comme ça la plupart du temps. D'un geste il retire ses chaussures qu'il envoie valser dans un coin de la pièce et je l'imite pour pouvoir moi aussi m'adosser contre le mur. Il a cette lampe qu'avait Marion, tout comme les trois quarts des enfants de notre génération, une lampe colorée en forme de fusée dans laquelle des bulles vertes se déplacent dans un liquide bleu à la manière des méduses.

Je bois la dernière gorgée de mon verre et je me laisse glisser le long du mur jusqu'à me retrouver dans une position allongée. Ma tête tourne et un léger brouillard s'installe devant mes yeux, mais je souris. Je souris parce qu'au plafond je l'aperçois. Seule au milieu de rien, accrochée là sans aucune logique et c'est sans doute ce qui la rend si spéciale, cette étoile fluorescente. Ce bout d'enfance que je lui ai donné des années plus tôt et qui a fait ce voyage à la fois géographique et temporel pour se retrouver là. Au-dessus de nos têtes.

Maxime attrape ma main. Il reste ainsi quelques secondes avant de soulever son buste et de s'appuyer sur son coude pour m'observer. Doucement, il passe alors ses doigts dans mes cheveux sans me quitter des yeux. Et puis il m'embrasse. Sa bouche a le goût de l'ivresse, une haleine chargée d'alcools en tout genre, mais aussi, cette saveur subtile de l'interdit. Il y a dans ce baiser la probabilité qu'il ait pu ne jamais exister.

Il retire son pull et j'enlève le mien. Sa main glisse au creux de mon cou puis le long de mon épaule. Il descend la bretelle de mon débardeur. Je frissonne. Il s'arrête une seconde puis continue. S'arrête à nouveau avant de reprendre. Il me regarde comme s'il voulait vérifier chaque seconde que c'est bien moi, cette fille presque nue dans son lit. Même moi, j'en doute.

C'est à la fois tendre, dur et maladroit. C'est l'enfance qui se cogne à nos désirs de jeunes adultes. C'est le vertige d'un saut dans une autre dimension. Son corps chaud, sa peau moite, son regard brûlant. C'est une fièvre contagieuse, un feu qui se propage. Et je brûle, pour la première fois je brûle. Plus rien n'existe, plus rien n'a d'importance. Plus rien. Et je ne vois même pas que c'est dangereux.

* *
*

Je sombre dans un demi-sommeil. Les méduses valsent encore dans la lampe fusée, mais la lumière bleue a fait place depuis quelques minutes à celle du petit matin. J'entends au loin le bruit de l'ascenseur qui s'enclenche entre les étages. C'est une nouvelle journée qui commence avec ses déplacements verticaux, horizontaux, ces vies qui s'agitent dans tous les sens. Au milieu de mes pensées incohérentes qui peuplent la fine frontière du sommeil, Maxime prononce cette phrase :

— Je pars étudier un an au Canada. Mon avion est dans trois jours. Je décolle le 16 à 8 h 45.

Et alors je comprends que l'incendie, ce n'est pas seulement un feu qui brûle. L'incendie, c'est un désastre qui ne laisse rien sur son passage.

* *
*

— Attends, Billie, tu vas où ?

Il se lève, passe plusieurs fois la main dans ses cheveux pendant que je rassemble mes affaires. Pour gagner du temps, je fourre mes chaussettes dans mon sac et enfile directement mes chaussures. Je ne prononce pas le moindre mot et fais en sorte de ne pas croiser ses yeux. Il ne comprend pas. Il ne comprend pas qu'hier soir, quand nous avons quitté l'appartement de Martin pour nous réfugier dans ce bar, nous n'avions pas les mêmes choses à perdre. Qu'il était déjà parti et que, comme d'habitude, j'étais celle qui reste.

Sur le pas de la porte, je me retourne une dernière fois. Je vois que tout cela le dépasse et je m'en veux d'avoir imaginé toutes ces choses qui ne lui ont même pas traversé l'esprit.

Je lui tends la main en signe d'au revoir. Au creux de sa paume, je glisse un billet de

5 euros. Celui que je n'ai pas touché depuis un an. Je lui dis que cette fois, on est quittes. Et je m'en vais.

* *
*

Je sors du métro et je marche en direction de mon travail. Il est 8 h 45 tout juste passé et on est le 16 alors c'est plus fort que moi, je ne peux retenir un mouvement de tête en direction du ciel. Trois avions fendent le bleu intense de ce début de journée et l'un d'eux fend un peu mon cœur. Est-ce dans celui tout à droite que se trouve Maxime ? Ou bien dans celui tout à gauche ? Je n'ai pas la moindre idée d'où se situe le Canada par rapport à la place de la Bourse. J'essaie de me convaincre que je m'en fiche.

Je me demande ce que cela fait d'être au-dessus des autres. À quoi cela ressemble, de voler ? Et même, de marcher sur un plancher qui flotte dans les airs ? Je n'en ai pas la moindre idée mais je me fais la promesse qu'avant mes 25 ans, je saurai.

La porte automatique du grand bâtiment blanc s'ouvre et je salue le vigile avant de m'installer derrière mon bureau. Il y a une tonne de courriers à trier puis à distribuer aux différents étages et déjà, le téléphone sonne en continu. Pourtant, tout le monde le sait : la plupart des journalistes ne seront pas là avant 10 heures.

La veille j'ai retrouvé Clément dans un bar et je lui ai expliqué que c'était fini, que notre histoire ne pouvait pas continuer. En prononçant cette phrase, j'ai eu honte des mots que je choisissais pour me cacher, mais je n'ai pas baissé les yeux. Je me suis contentée de retenir mon souffle car j'ai bien vu que je plantais quelque chose en plein milieu de son cœur. Il a souri d'un air triste et avec ses doigts il a commencé à déchiqueter son sous-verre en carton en petits morceaux. « Je suis amoureux de toi Billie. Mais pas idiot. » Je n'ai pas vraiment compris ce que la bêtise avait à voir dans cette affaire mais je n'ai rien répondu. Il a poursuivi en m'expliquant que je n'étais pas le genre de fille à me laisser déborder par les sentiments et qu'il l'avait toujours su. Il s'est raclé la gorge et j'ai réalisé que je ne pensais déjà plus à lui. J'ai baissé les yeux. Il a ajouté cette phrase : « J'ai plongé en connaissance de cause, tu sais. Parfois, on n'a pas d'autre choix que d'en faire de mauvais. »

* *
*

Vers 9 h 30, les employés commencent à arriver. Chaque matin, c'est une sorte de bal parfaitement chorégraphié où tout le monde ne danse pas, mais chacun passe devant moi en me saluant ou en me gratifiant d'un petit signe. Forcément, tout le monde me connaît. Je suis Billie-la-fille-de-l'accueil.

C'est un poste stratégique, je sais tout sur tout mais aussi sur n'importe qui et n'importe quoi. Je le sais parce qu'on me le dit mais aussi parce que je le vois. Je remarque les gestes, les regards, les yeux rougis, les sourires aux coins des lèvres. Les petits arrangements et les grandes trahisons. Je note l'indiscrétion aussi. Surtout de ceux qui se croient discrets. Mais ce matin, quand je lève les yeux de mon ordinateur, je le remarque lui. Maxime. Les mains éternellement enfoncées dans ses poches, le regard sombre de celui qui n'a pas dormi de la nuit. Il plante ses yeux dans les miens comme un alpiniste un piolet dans une paroi : il espère que ça va tenir.

Quelques mètres derrière lui, il y a son immense valise et je comprends que tout s'est joué en une seconde. Un changement dans le métro, une phrase à un chauffeur de taxi, un demi-tour avant d'entrer sur le périphérique et il est là. Je m'interroge sur ce qui lui est passé par la tête. Je pouffe en imaginant l'état dans lequel doit être sa mère et je vois l'incompréhension traverser son visage.

— Viens, on va prendre un café.

* *
*

On tient nos gobelets en plastique près de la machine à café située au troisième étage. Celle où personne ne s'attarde car elle est à quelques mètres seulement du bureau du rédacteur en chef. Je ne sais pas à quoi on ressemble, tous les deux, enveloppés dans nos silences, à souffler sur nos cafés trop chauds qui ne le sont plus vraiment. Sans doute à deux enfants.

— Tu as raté ton avion ?

— En quelque sorte, oui.

— Tu vas faire comment ?

Il hausse les épaules et replonge le nez dans son café.

— J'ai été maladroit.

— Il faut être sacrément maladroit pour louper un avion, dis-je en souriant.

Sa bouche s'étire légèrement sur le côté.

— Je ne veux pas que tu croies que ce qu'il s'est passé l'autre jour n'a pas compté.

Je secoue la tête et prends la posture de celle qui n'a pas cru ça, non. Pas une seconde.

— Le vrai problème, Maxime, c'est qu'il n'aurait rien dû se passer. Tu savais que tu partais, moi je ne le savais pas. Ce n'est pas juste. On n'agit pas de la même manière quand on sait les choses et quand on ne les sait pas.

— Je ne pars plus.

— Si, bien sûr que tu pars. Tu vas partir parce que c'est ce que tu étais sur le point de faire. Si tu restes ici, tu m'en voudras. Pas tout de suite, j'imagine. Mais assez rapidement quand même. Et il en est hors de question.

— J'ai envie de rester.

Je secoue la tête.

— On en veut aux gens qui partent mais on en veut davantage encore à ceux qui restent.

— Je ne prends pas cette décision pour toi, Billie. Je la prends pour nous.

Je le regarde quelques secondes, je sais que tout est sur le point de changer. C'est comme si je revenais à l'été de nos 7 ans et qu'au lieu de descendre l'escalier, je faisais demi-tour pour retourner lire un livre dans ma chambre. Combien de petites décisions font que nous en sommes là aujourd'hui, lui et moi ? Et combien encore jusqu'à celle que je suis sur le point de prendre ?

Je le détaille. Ses cheveux bruns, sa peau claire, ses yeux gris. Son odeur. Mon cœur se soulève et mon ventre se tord, alors avant que cela ne devienne trop difficile pour le faire, je prononce cette phrase.

— J'ai quelqu'un dans ma vie. Et je n'ai pas l'intention de le quitter.

Sa bouche s'entrouvre légèrement sur l'effet de la surprise mais très vite, il se ressaisit.

— Très bien. Je comprends.

Il avance sa main vers mon visage, mais se ravise au dernier moment.

— Bon, il faut que j'y aille.

Tandis qu'il arrive au niveau de l'escalier, il s'arrête.

Mon cœur bat contre ma poitrine et résonne jusque dans ma gorge ; j'ai du mal à respirer. Il dit :

— Quoi que l'on fasse, la vie nous remettra toujours sur la route l'un de l'autre, non ?

Il me sourit d'un air triste, revient sur ses pas et s'approche de moi doucement. Il m'embrasse sur le front et avant que je n'aie le temps de répondre, il disparaît. Je ne le reverrai plus avant plusieurs années.

Chapitre 12

2014

Une fois par an, je me rends sur la tombe de Marcel. J'ai choisi un jour au hasard, loin de la Toussaint, de son anniversaire et de la date de son décès. Un jour, au début de l'été, qui ne représente rien, ni pour lui ni pour moi. Je lui raconte l'année qui vient de s'écouler et je lui pose des questions auxquelles il ne répond pas. Son silence me permet souvent de trouver des réponses. Mais pas tout le temps.

Plus loin, dans un coin du cimetière, il y a la tombe de ma mère. Je fais en sorte de passer plusieurs fois devant mais je n'arrive jamais à m'y arrêter. Il me manque des souvenirs, des images, des paroles. Peut-être aussi des sentiments. Il me manque surtout des choses auxquelles me raccrocher pour oser jeter l'ancre. Alors à la place, je pense à elle de loin et je me rends compte que d'une certaine manière, c'est ce que j'ai toujours fait.

La première fois que je suis venue, il s'est passé une chose étrange et c'est sans doute ce qui fait que je reviens chaque année depuis.

Même quand je n'ai pas le temps. Même quand je n'en ai pas envie. J'étais couchée sur la tombe de Marcel, à moitié endormie, le bras sur le visage pour me protéger du soleil, quand j'ai entendu quelqu'un siffler. Ce n'est pas tant que quelqu'un siffle dans un cimetière qui m'a interpellée. Non, ce qui m'a perturbée c'est que ce sifflement jouait les notes de cette chanson de Charles Aznavour, l'une des rares chansons que Marcel fredonnait. Lui qui détestait presque la musique.

C'est plus fort que moi, j'y ai vu un signe.

* *
*

Je viens de passer deux heures aux côtés de Marcel, à ne rien faire d'autre qu'essayer de me remémorer nos souvenirs. Car je sais bien que, déjà, tout m'échappe. En sortant du cimetière, je croise Irène. La tante de Maxime. La voisine du dessous. Elle est surprise de me voir, c'est ce qu'elle me dit en tout cas. « Je ne savais pas que tu venais ici. » Je lui dis : « Une fois par an seulement. Toujours à la même période. » J'ai envie de lui demander ce qu'elle fait là, mais je n'ose pas. La raison de sa solitude est peut-être en dessous de l'une de ces tombes.

— Tu as revu Maxime ?

Je secoue la tête et elle a l'air déçue.

— Il est toujours au Canada. Il a finalement prolongé ses études là-bas. Mais il rentre dans dix jours, pour les vacances.

Elle ajoute :

— Je lui avais donné quelque chose pour toi. Comme je ne pensais pas te revoir...

Elle fouille dans son sac et me tend une petite carte de visite sur laquelle se trouvent ses coordonnées.

— Tiens, voici mon numéro. Si un jour tu en as envie... tu m'appelles.

Elle sourit et puis elle s'en va. Elle n'a fait que quelques mètres quand elle se met à siffler. Cette chanson que je reconnais tout de suite. Celle d'Aznavour.

* *
*

Depuis que je sais qu'il est rentré, je n'ai qu'une idée en tête : le voir. Alors il m'arrive de prendre un métro en sens inverse et de marcher dans le quartier où j'imagine le croiser. À ce stade, ce n'est plus vraiment un détour, c'est un itinéraire. Si je venais à le rencontrer, personne ne serait dupe. Mais cela n'arrive pas. Je passe devant chez lui en me faisant la promesse de ne pas le faire plus d'une fois. Je passe et c'est tout. Une manière de provoquer le destin tout en me remettant complètement à lui. Et puis un jour, la porte de son immeuble s'ouvre. Je reconnais aussitôt sa mère. Grande, fine, le menton relevé pour s'assurer de regarder les autres du plus haut qu'elle le puisse. Depuis la dernière fois que je l'ai vue, une paire de lunettes est venue se fixer sur son nez. Hormis ce détail, elle n'a pas changé. Elle serre son sac à main contre sa poitrine avec cet air de femme en fuite. Que peut-il arriver à quelqu'un qui fuit autant le danger ? Rien, bien sûr, et c'est tout à fait ça le problème. Les gens à qui il n'est jamais rien arrivé attendent forcément que les choses arrivent.

Elle regarde à droite, à gauche puis en face et c'est là que ses yeux croisent les miens. Sans m'en rendre compte, j'ai arrêté de marcher et je la fixe, immobile, de l'autre côté du trottoir. Elle ne m'a vue qu'une seule fois, mais je sais qu'elle me reconnaît. Je le sais à ce léger accroc que fait sa tête en passant sur mon visage.

Elle traverse la rue et arrive jusqu'à moi.

— Bonjour Billie. Billie, c'est bien ça ?

J'acquiesce en silence.

— Je suppose que tu espérais voir Maxime. Malheureusement il n'est pas là. Il est sorti avec son amie Agathe. La jeune fille avec qui il vit au Canada. Je lui dirai que tu es passée si tu veux.

Elle fait une pause et m'examine de la tête aux pieds.

— Mais enfin, il faut se rendre à l'évidence. Ni pour toi ni pour lui, ce ne serait une bonne idée.

Chapitre 13

2015

J'ai 24 ans. Je vis toujours au même endroit, dans ce minuscule appartement qui surplombe une partie de Paris. J'ai installé une planche en bois sur le garde-corps de ma fenêtre et, l'été, j'écris là. Face à la ville. Je continue mes piges mais j'ai aussi un blog sur lequel je rédige tout un tas de choses, cachée derrière un pseudo. L'hiver, l'air s'infiltre à travers le simple vitrage et je superpose plusieurs couches de pulls, de pantalons et même de chaussettes pour éviter de trop pousser le chauffage. Mais je ne pense pas une seconde à déménager.

Un matin, j'entends du bruit dans le couloir. Je passe discrètement la tête dans l'embrasure et j'aperçois une fille d'environ mon âge en train de traîner une grande valise à roulettes sur le plancher. Elle s'arrête devant la porte de la chambre qui jouxte la mienne et elle pousse un soupir si long, si puissant que je pense tout de suite que cela n'a rien à voir avec le poids de sa valise. Et, effectivement, j'apprendrai qu'elle traîne bien plus que ce poids-là. Je referme aussitôt la porte de ma chambre, le plus doucement possible, pour ne pas me faire remarquer.

Le soir, elle toque chez moi. J'ouvre et, avant que je n'aie pu dire quoi que ce soit, elle me colle une bouteille de vin et un paquet de pâtes dans les bras. « C'est de la piquette mais ça se boit. T'as du beurre pour les coquillettes ? » puis elle s'avance à l'intérieur sans que je ne l'invite. Elle observe la pièce dans laquelle je vis, jette un œil à la pile de carnets entassés sur une étagère Ikea, s'approche du seul cadre qui habille mes murs : mon premier article signé. Elle pivote aussitôt et derrière ses grandes lunettes rondes, elle me scrute de la tête aux pieds. « T'es journaliste ? » J'acquiesce et elle poursuit sa visite. « Bon, sans surprise, on vit toutes les deux dans la même cage à poules. » Elle me tend sa main que j'attrape timidement.

— Je m'appelle Astrid.

— Billie.

— Enchantée Billie. J'espère que t'es sympa sinon va falloir faire preuve de pas mal d'imagination pour éviter de passer du temps ensemble.

* *
*

Je sors beaucoup avec Astrid qui a instauré une seule règle : ne pas rentrer ensemble. Je multiplie les histoires avec des garçons que je ne revois jamais. Ils me disent leur prénom et puis je les oublie. Adam, Joris, Karim, Grégoire. Après tout, peu importe, je ne les prononcerai jamais plus d'une seule fois. Ils me racontent qu'ils sont ingénieur, livreur, trader, serveur et je les écoute me parler de ces choses qui ne m'intéressent pas en tirant sur une cigarette, le regard perdu quelque part sur le plafond de ma chambre. Avant d'emprunter les escaliers, je les préviens que je préfère dormir seule et je vois bien que certains prennent cette information pour un défi. Qu'ils espèrent me faire changer d'avis. Ça n'arrive jamais.

Un soir, alors que je suis assise au bout du comptoir, l'un d'eux me glisse son prénom au creux de l'oreille : Maxime. C'est absurde, ridicule, inattendu mais mon cœur loupe aussitôt un battement. Je n'avais pas pensé à lui depuis des mois pourtant. Et le voilà de retour.

Le garçon en face de moi ne me plaît pas, mais je reste là. Il parle et je l'écoute à peine. Je suis ailleurs. Je songe que le temps ne peut rien contre les sentiments qui naissent en enfance et je commande un deuxième verre en plein milieu d'une phrase que je ne prends pas la peine de terminer. Il rit, il me trouve spéciale et spontanée. Sauvage même. C'est ce qu'ils disent tous, croyant avoir soudain accès à un mystère dont ils auraient été les seuls à percer le secret. Ils ont tous la même réaction quand je leur dis mon prénom, ils ont tous les mêmes références et finissent tous par faire les mêmes blagues. Ils pensent être originaux. Je me demande si c'est moi qui les choisis tous identiques, aussi peu intéressants.

— On va ailleurs ?

Je suggère un bar. Un endroit où je sais que la musique est assez forte pour ne pas avoir à discuter. Il sourit, il est d'accord. D'un signe de la main, il prévient la table où sont assis ses amis et puis il me suit. Il ne se doute pas que si j'ai décidé de passer la nuit avec lui, c'est uniquement pour avoir la possibilité de prononcer son prénom.

À partir de ce moment, il sort sa carte bleue aux teintes dorées et il paie tous les verres que nous buvons. Je ne sais pas ce qu'il fait dans la vie, je n'ai pas écouté. Vers 3 heures, le bar n'en est plus vraiment un. Les lumières sont éteintes et tout le monde danse dans une sorte de mouvement collectif. Le talon du pied gauche vient cogner l'intérieur du pied droit et inversement, dans une répétition infinie.

Je m'éclipse pour aller aux toilettes en titubant. Je ne suis pas la seule à avoir eu cette idée : une file d'attente composée d'une dizaine de personnes se trouve devant moi. Je sors mon téléphone de ma poche et je fais défiler les noms de mon répertoire. À la lettre M, je ralentis. J'ai toujours son numéro et je me demande s'il est toujours en service. Il suffirait d'appuyer sur la touche « appel » pour le savoir. Mon doigt frôle l'écran à plusieurs reprises, hésite, remonte jusqu'à la lettre A, descend jusqu'au Z. Tiens. Je ne savais même pas que je connaissais un Zacchary. Je continue cette roulette russe sans vraiment savoir ce que j'ai l'intention de faire. Je sais juste que j'ai ce vertige qui n'appartient qu'à une certaine heure de la nuit. Celle où l'alcool s'estompe en même temps que l'euphorie et où il ne reste alors plus que la mélancolie.

* *
*

J'envoie un message à Astrid. Je lui demande où elle est et si elle est seule. Sa réponse arrive dans la seconde. « Pas seule mais mal accompagnée. » Elle me propose que l'on se retrouve dans un quart d'heure et que l'on rentre ensemble.

Je l'attends à l'angle d'une rue et elle arrive, avec sa démarche reconnaissable entre mille. Astrid est très grande et elle porte toujours des talons de dix centimètres. Elle est la première fille que je rencontre qui aime ses défauts. Qui insiste même. « Nos qualités franchement, elles ne servent à rien. Personne ne veut plus avoir de défauts. Il faut être parfait, lisse. Irréprochable. Tu sais c'est comme ce gars qui va te sortir en entretien qu'il est perfectionniste. Non mais sérieux. T'as rien trouvé de mieux ? Si le type est perfectionniste, je veux dire s'il l'est vraiment, il ne le sera jamais assez pour l'affirmer. Tu vois ce que je veux dire ? Les perfectionnistes devraient plutôt dire qu'ils sont malhonnêtes. Ou alors qu'ils manquent de personnalité. Tu veux faire quoi avec des qualités de toute façon ? Ça ne sert à rien. Tout le monde a les mêmes. »

Astrid parle, elle n'arrête quasiment jamais de parler. Et puis au milieu de l'un de ses longs monologues, elle me regarde :

— Qu'est-ce qui n'allait pas ce soir ?

— J'avais choisi un critère un peu trop évasif.

— C'est-à-dire ?

— Un prénom.

Elle se met à rire.

— Ah oui effectivement. Un prénom… ça ne veut pas dire grand-chose. Ce n'est même pas lui qui le choisit.

Elle réfléchit quelques secondes.

— C'est qui ?

— Maxime.

— Aaah oui… lui.

Elle insère la clé dans la porte de son appartement et alors que je m'apprête à faire de même, elle se tourne vers moi avec un large sourire.

— Il est encore tôt, non ? On se prend un dernier verre chez moi ?

* *
*

Elle ouvre une bouteille, replace le plaid sur son convertible, ramasse quelques vêtements qui traînent sur le sol puis allume une bougie. Elle attrape un paquet de cigarettes écrasé qu'elle cache derrière ses livres et nous sert deux verres. « Dans trente ans, quand on pensera aux meilleures années de notre vie, tu verras, ça sera là, à fumer des clopes dans cet appartement minuscule » et je n'imagine pas à quel point elle dit vrai.

— Allez, parle-moi de ce Maxime. Je veux tout savoir depuis le début.

Je me laisse alors glisser sur le canapé, renverse ma tête en arrière et je lui raconte.

— C'est une histoire qui pourrait s'appeler : *Ils se sont aimés. Mais pas en même temps*.

— Ça tombe bien. Sinon c'est le mariage, et c'est juste chiant, dit-elle en souriant.

Je lui parle des étés, des hasards inattendus et des rendez-vous manqués, des années à ne pas penser à lui et puis celles à ne faire que ça. Je lui dis : « C'est une sorte d'amour d'enfance. Je crois qu'on ne s'en débarrasse pas comme ça. » Elle tire sur sa cigarette en plissant les yeux, trempe ses lèvres dans son verre de vin avec un air sérieux qui me donne envie de me moquer d'elle. Mais avant que je n'aie pu dire quoi que ce soit, elle annonce : « Un amour d'enfance, je crois surtout que c'est le truc le plus précieux de la terre. »

On boit notre troisième verre mais on s'endort presque. Le ciel n'est plus si sombre, il y a ces couleurs qui n'existent qu'une seconde et qui nous confient chaque matin à quel point tout est éphémère. Mais personne ne prend cette information au sérieux. Ma tête bascule sous l'effet de la fatigue quand je l'entends prononcer cette phrase.

« Et si on allait au Canada ? »

* *
*

Quand je pense que toutes mes économies sont passées dans ce billet d'avion pris sur un coup de tête à 5 heures du matin, je suis saisie d'un léger vertige. Mais je ne regrette rien. Je repense à la promesse que je m'étais faite le jour où il s'est envolé de l'autre côté de l'Atlantique, celle de survoler un jour la terre et cette pensée suffit à me convaincre que cette folie n'en est pas une. Plus jamais je ne regarderai le ciel avec cette sensation de louper quelque chose.

Nous ne parlons pas une seule fois de Maxime pendant toute la durée du vol. J'essaie de prétendre que ce voyage n'a rien à voir avec lui, ce qui est à la fois vrai et pas du tout. Astrid est d'accord pour prétendre, elle aussi. Elle parlera de « prétexte » et bientôt ce mot viendra remplacer son prénom. On est parties si vite qu'on n'a pas vraiment d'itinéraire, juste un arrêt dans cette université réputée qui a vu passer des prix Nobel, des astronautes, des Premiers ministres, des lauréats du prix Pulitzer et des médaillés olympiques. Et puis « Prétexte ».

À la seconde où je sors de l'aéroport, une immense sensation de liberté m'envahit. Dans ma tête je me répète que je suis au Canada, que j'ai traversé un océan et parcouru plus de cinq mille kilomètres depuis ma chambre d'enfant. Je me le répète pour moi, mais aussi pour la petite fille qui attendait la fin des séances de cinéma pour se faufiler à l'intérieur d'une salle. C'était alors ce qui se rapprochait le plus d'une évasion. Un écran géant dans une pièce obscure.

Sur place, on est hébergées chez Sam, une amie d'Astrid. Une fille qu'en réalité elle connaît à peine. Elles ont été serveuses, un été, dans un bar à Saint-Tropez il y a des années de cela et ont vaguement gardé contact grâce aux réseaux sociaux. Leurs souvenirs ne concordent pas toujours mais peu importe. C'est suffisant pour nous laisser dormir sur son canapé. L'appartement se situe au dernier étage d'un bâtiment en briques avec un balcon et un escalier en fer noir, comme ce que l'on peut voir dans les séries télé. Au-dessous, se trouve un coffee-shop et juste en face, une épicerie que l'on appelle ici un « dépanneur ». Sur tous les trottoirs de la ville, environ tous les cinq mètres, poussent des arbres, des ormes et des frênes dont certains dépassent largement les toits des maisons.

La journée, on se balade sur les pavés du Vieux-Montréal, au bord du fleuve Saint-Laurent. On s'arrête, on regarde au loin, on lève la tête. On prend des cafés à emporter dans des gobelets en carton que l'on boit en marchant, parce que ça nous donne l'impression de faire partie de la grande agitation collective. En réalité, on n'a pas la moindre idée de ce que l'on va faire dans l'heure qui suit. Il nous arrive de nous asseoir sur un banc et on ne parle pas pendant plus d'une heure. On observe les gens passer en se disant qu'ils passent de la même manière, qu'on soit là ou pas pour les regarder. C'est ça, le monde. Ne pas imaginer une seconde qu'ailleurs, les gens ont leur propre vie. Qu'ailleurs, d'autres perspectives sont possibles car la terre tourne de la même manière, avec ou sans nous pour la parcourir.

Quelque part dans cette ville, il y a Maxime. Peut-être qu'il est avec cette fille et que sa mère a raison : nous n'avons rien à faire ensemble. C'est ce que je pense aussi, la plupart du temps. Mais il y a sans cesse cette seconde d'hésitation. Une seconde de doute qui pèsera toujours plus lourd qu'une vie de certitude.

Le dernier soir, sous les conseils de Sam, nous prenons un verre dans un bar en face de l'université. Elle nous a expliqué que nous ne pouvions pas partir sans avoir mangé une poutine et avoir mis les pieds dans ce lieu incontournable de la vie nocturne montréalaise. Alors c'est ce que nous faisons sans nous faire prier. Nous trouvons un coin de table au milieu de l'effervescence et nous buvons des verres en imaginant que cette vie pourrait être la nôtre. « Qu'est-ce qui nous retient en France après tout ? » me demande Astrid. Je ne sais pas si elle se rend compte à quel point cette phrase me percute. Elle lève son verre et attend que je prenne le mien pour trinquer comme nous l'avons déjà fait mille fois depuis notre arrivée. « À cette semaine qui n'aurait jamais existé sans un bon "prétexte" » et elle attend une réaction. Mais je n'en ai aucune. J'y ai réfléchi pourtant. Jour et nuit même. Mais je ne vois pas comment justifier ma présence si nous arrivions à le retrouver.

— Et le hasard ? me suggère-t-elle naïvement. Simplement le hasard.

Je souris. Je me demande si elle a regardé la superficie de cette ville ou ne serait-ce que le nombre d'habitants qui la peuplent.

— Redonne-moi son nom de famille.

— Jourdain.

— OK, attends-moi. Je reviens.

Elle se lève et se rend à la table voisine. Elle prononce quelques mots et je vois quatre têtes se secouer de droite à gauche. Elle repart, rejoint une nouvelle table, discute à nouveau. Même réaction. Elle continue son chemin, se faufile au fond du bar et je la perds de vue.

Dix minutes plus tard, elle réapparaît, sourire aux lèvres. Elle s'assied, prend le temps de boire une gorgée de son verre, puis elle m'annonce fièrement :

— Je sais où on va aller juste après.

* *
*

Le bâtiment est immense. Une grande pièce rectangulaire sans plafond, entourée de balcons qui plongent sur la piste de danse. Il y a des têtes de cerf, d'ours mais aussi des trophées de pêche fixés sur des supports en bois qui recouvrent une partie des murs dans un esprit de taverne. On pourrait s'imaginer dans un chalet perdu au milieu de la forêt, mais trois grandes boules à facettes suspendues à un lustre de cristal tournent sur elles-mêmes au rythme des vinyles que passe un DJ. Les styles se mélangent, se chevauchent, s'annulent. On ne sait pas vraiment si c'est un bond dans le passé ou dans le futur.

— Apparemment, c'est ici que tous les étudiants sortent. Et plus particulièrement la communauté française… On peut jeter un œil.

Astrid me fait signe de la suivre et s'enfonce dans la foule. Une chanson que je n'ai jamais entendue débute et provoque aussitôt des cris de joie parmi les danseurs. On découvre qu'il y a en fait plusieurs salles, l'une avec des canapés et une cheminée, une autre avec un billard et puis une dernière, une salle de bains dans laquelle il est possible de prendre un verre assis dans une baignoire.

Alors que l'on passe d'une pièce à une autre comme on visiterait une maison, quelque chose attire mon attention. Mon regard s'arrête sur le dos d'un garçon au milieu d'un petit groupe qui discute autour de la cheminée.

— C'est lui.

— Lui ?

— Le garçon de dos. Celui avec la tache de naissance dans la nuque. C'est Maxime.

— La tache de… ah ouais.

Elle le détaille quelques secondes puis se tourne vers moi.

— Alors, qu'est-ce qu'on fait ?

* *
*

Astrid revient le visage fermé.

— Je ne pense pas que ce soit une bonne idée.

Cinq minutes plus tôt, elle m'avait proposé d'aller observer le groupe, d'analyser la situation et de revenir avec des informations qui nous indiqueraient exactement quel plan élaborer pour aller lui parler. Elle avait dit ça avec entrain, excitation même, prenant son rôle à cœur comme une enfant à qui on aurait proposé de participer à une chasse au trésor. Elle avait répété : « C'est dingue, non ? » Et c'est vrai que ça l'était. D'être ici, à l'autre bout du monde. D'avoir retrouvé le garçon à l'origine de ce voyage. Elle avait ajouté dans un sourire très doux : « C'était pas une blague, alors, cette histoire de bonne étoile. » Sûrement qu'à présent, cette phrase, elle la regrettait.

Elle avait retrouvé son calme. Et même une certaine froideur.

— Attends, mais pourquoi ? Qu'est-ce qu'il se passe ?

— Fais-moi confiance. Allons dans un autre endroit.

Je la regarde, sourcils froncés. Je tente de me remémorer la scène pour essayer de comprendre ce qui a bien pu changer son humeur. Cela n'avait duré que quelques secondes. Le temps qu'Astrid se positionne face à lui et qu'elle l'examine, le regarde droit dans les yeux. Et puis elle était revenue.

— On y va ? insiste-t-elle.

— D'accord…

Je la suis sans un mot, perdue dans mes pensées. Mais au bout de quelques mètres, je m'arrête.

— Tu te doutes bien que ce que tu me demandes est impossible ?

Elle pousse un long soupir avant d'acquiescer en silence. Je rebrousse chemin. Je me faufile dans la foule, j'évite ceux qui dansent, bouscule ceux qui mettent trop de temps à se décaler, j'avance et puis j'arrive dans la salle que l'on vient de quitter. Au même moment, comme s'il avait senti ma présence, il se retourne. Nos regards s'accrochent et cela dure plusieurs secondes. Plusieurs secondes avant que mes yeux ne glissent jusqu'à son tee-shirt et découvre ce qu'il est écrit dessus :

« Enterrement de vie de garçon de Max. »

Je sens mon cœur se détacher de ma poitrine. Il tombe quelque part dans mon corps, se cogne contre une côte, appuie sur mes poumons, rebondit sur mon estomac. J'ai mal. Si mal.

J'ai l'impression que quelqu'un a coupé la musique et que la pièce s'est vidée. Il n'y a plus que lui et cette phrase sur son tee-shirt que je n'arrive pas à croire. Comment peut-il nous faire ça ?

Un de ses amis remarque qu'il se passe quelque chose. Il se tourne vers Maxime et lui pose une question qui n'obtient aucune réponse. Je le vois alors suivre son regard et arriver jusqu'à moi. Il continue de parler, de demander des explications, mais rien ne se passe. Maxime ne réagit pas. Coincé lui aussi dans cette seconde d'éternité à laquelle il y aura forcément un avant et un après. Je me dis qu'il faut que je m'en aille, je me répète qu'il faut que je m'arrache de cette scène que j'ai déjà envie d'effacer de ma mémoire, mais quelque chose me cloue sur place. Alors je compte jusqu'à trois et puis je pars. Je cours presque cette fois, peu importe si je bouscule tout le monde, au contraire même. J'ai envie de sentir les coups involontaires des corps qui m'entourent. J'ai envie que ma douleur devienne physique car elle me paraît bien plus supportable que celle que je ressens à l'intérieur en ce moment. J'avance à toute vitesse, en apnée. Si je respire, c'est sûr, quelque chose va se briser. Alors je retiens tout. L'air et les larmes. Je pousse la porte de la sortie et la fraîcheur nocturne me saisit.

Astrid est assise de l'autre côté de la rue, sur les premières marches d'un escalier. Quand elle me voit, elle écrase sa cigarette et se lève d'un bond pour me rejoindre.

— On rentre ?

J'acquiesce et on se met en route. Au bout de quelques mètres, je me retourne une dernière fois et je le vois, debout, sur le trottoir. Ses mains dans les poches et il me fixe avec cet air qu'il avait déjà enfant quand il fallait choisir entre une crêpe et une gaufre à la cahute du parc. Il hésitait comme si sa vie en dépendait alors qu'il finissait toujours par prendre la même chose.

Maxime passe sa main devant sa bouche, attrape sa mâchoire. Je vois dans ses yeux à quel point tout tangue. Tout pourrait déborder. Je vois dans ses yeux qu'il a choisi une gaufre. Alors que depuis que l'on est petits, il a toujours préféré les crêpes.

Sur le trajet, on ne parle pas. Astrid ne fait aucun commentaire. Il y aura juste cette phrase qu'elle prononcera avant de s'endormir.

— Il faut être sacrément con, tout de même, pour se marier à 25 ans.

Chapitre 14

2018

J'ai 27 ans. Je n'habite plus dans ma chambre de bonne. Avec Astrid, nous avons trouvé un appartement rue Saint-Denis où nous vivons en colocation. Il n'y a qu'une seule chambre alors tous les six mois, on tourne et l'une de nous deux va dormir sur le clic-clac du salon. Ce n'est pas l'idéal mais les toilettes ne sont plus sur le palier et nous ne doutons pas une seconde que ce changement soit un vrai luxe. Ça et l'ascenseur qui est bien trop petit pour ne pas embrasser ceux qui doivent l'être, aime bien préciser Astrid aux personnes qui nous rendent visite. Comme à mon habitude, je préfère l'escalier.

Il y a trois semaines, alors que j'étais assise derrière mon ordinateur à finir la rédaction d'une pige à rendre le lendemain, Benjamin est venu me voir. Je ne le connais pas vraiment, je sais juste qu'il est journaliste dans le domaine économique, que son bureau est au troisième étage et qu'il doit avoir à peu près mon âge.

Il était tard et à partir d'une certaine heure, pour sortir du bâtiment, il faut emprunter une porte située à l'arrière. Le code change régulièrement : c'est la raison pour laquelle il se trouve devant moi.

— 78A13.

— Merci.

Il contourne mon bureau et se dirige vers la sortie avant de revenir sur ses pas.

— Billie, c'est ça ? C'est toi qui rédiges des piges ?

— Oui.

— Ton style est bon. Tu ne devrais pas les laisser profiter de la situation. Tu pourrais être rémunérée pour ce que tu fais. Le journalisme, ce n'est pas seulement les grands groupes. Il y a aussi plein de médias, sur d'autres supports, qui valent vraiment la peine. Des médias qui ne considèrent pas que travailler pour eux est si prestigieux, que cela ne mérite pas un salaire.

— Je n'ai pas de diplôme.

Il lève un sourcil.

— Ah oui les diplômes, ce truc qui fait douter les gens qui ont du talent, dit-il en souriant. Tu devrais constituer un dossier avec tous les articles que tu as écrits depuis que tu es ici et puis l'envoyer en candidature spontanée. Comme ça, tu ne réponds pas à une annonce qui te demande d'avoir marché sur la Lune.

— Ça m'arrange. J'ai toujours eu un faible pour la gravité.

— Pareil. J'étais cet enfant pas drôle qui avait les pieds sur terre.

Il me fixe un instant, puis fouille dans l'une des poches de sa veste.

— Tiens, c'est ma carte. Je peux t'aider si tu veux, t'apporter un regard extérieur. On peut faire ça à la pause déjeuner ou un soir après le boulot.

— Oui, d'accord, bonne idée.

— À demain ?

— À demain.

Dans les jours qui suivent, nous nous retrouvons dans un café à quelques rues des bureaux. J'ai rassemblé tous mes articles et Benjamin les passe en revue.

— Entre les articles que tu as écrits à tes débuts et ceux que tu as produits ensuite, l'évolution est incroyable. Tu ne trouves pas ? On se rend bien compte que tu as capté les codes. Tu sais, ces trucs qu'on essaie d'apprendre dans un amphithéâtre, dit-il en souriant.

Depuis ce premier rendez-vous, nous nous voyons toutes les semaines. Hier, je lui ai proposé de venir chez moi. En poussant la grande porte cochère, je lui ai dit : « C'est au quatrième. On va prendre l'ascenseur. »

* *
*

Benjamin est grand, blond avec des yeux verts ou bleus, je ne sais plus. L'ai-je au moins su ? Je ne suis pas sûre : j'ai beaucoup fui son regard. J'imagine qu'il est beau. C'est ce que disent les regards des femmes que l'on croise dans la rue en tout cas. Moi, je sais juste qu'il me plaît. Une fois je l'ai vu dans le métro. Il était assis sur un strapontin et lisait un livre qu'il tenait ouvert sur ses genoux. Je l'ai observé en silence, plongé dans son monde de papier. Il n'a pas levé la tête du trajet. Quand il s'est redressé, j'ai regardé son dos, ses épaules larges, son doigt glissé entre deux pages pour retenir le passage, ses pieds. Je me suis dit que j'étais la seule du wagon à savoir avec certitude qu'il chaussait du 44 et je me suis sentie chanceuse, d'être dans l'intimité d'une pointure de chaussures avec cet homme. Sans doute est-ce cela, l'amour. Connaître les détails de l'autre et y voir un privilège.

De cette période, je ne me souviens que de l'odeur aigre des draps dans lesquels nous passions tous nos week-ends. De ce demi-sommeil permanent qui succédait à l'extase ; de l'alcool bu couché, directement à la bouteille, quand nous en avions marre de boire du thé. Du thé justement, celui qu'il m'avait un jour acheté en boutique après avoir trouvé mes sachets aromatisés aux fruits rouges au fond d'une boîte en fer. Des miettes sur le matelas qui se collaient à nos peaux moites. Des films qu'il me faisait découvrir sur son ordinateur. Les grands classiques dont je n'avais jamais entendu parler. Plus tard, quand la passion serait moins dévorante, il m'amènerait dans des cinémas indépendants et je ferais semblant de voir la beauté là où, en réalité, je ne verrais rien d'autre que le temps qui passe sur le visage de ces jeunes acteurs désormais devenus vieux. C'est là, dans l'une de ces salles obscures, que je me dirais qu'à défaut de vouloir me faire remarquer, il fallait à tout prix que j'existe. Car tout le monde meurt, même ceux que le cinéma immortalise.

Parfois, nous ne voyions pas la lumière du jour et je pensais que c'était cela, être en vie. Quitter le monde qui appartenait aux autres pour inventer le sien. Créer son propre fuseau horaire. Vivre si fort que les journées ne suffisent pas pour contenir l'intensité entre deux êtres.

Une nuit, alors que je suis sur le point de m'endormir, il me demande ce que je voulais faire quand j'étais petite.

Je me tourne sur le côté, le visage posé sur le dos de ma main et je le fixe dans la pénombre.

— Je voulais être chanteuse.

— Ah oui ? Tu aimes chanter ?

En guise de réponse, je me contente de sourire.

Je ne sais pas si j'aime chanter. Si je chante c'est parce qu'un jour, Marcel m'a dit que mon prénom m'avait été donné d'après une chanteuse célèbre. Un prénom en héritage, la seule chose qu'il me reste de ma mère. La seule preuve, surtout, que je ne sors pas des entrailles d'un vieux monsieur qui roulait en C15 rouge. Même si, évidemment, j'avais déjà un doute. Est-ce que j'aime chanter ? Ou bien est-ce que je voulais juste faire quelque chose qui me connecterait à cette femme que j'aimais désespérément et dont je ne savais rien ? Ce soir, pour la première fois de ma vie, je me rends compte que je ne voulais pas être chanteuse. Je voulais juste être la fille de ma mère.

* *
*

Maxime Jourdain. Il m'arrive parfois de taper son nom sur Internet. C'est toujours sa page Facebook qui sort en premier. Cela fait longtemps qu'il ne s'y passe plus rien alors je regarde les mêmes photos, les mêmes commentaires, les mêmes informations. Rien ne change, mais je cherche quand même un détail qui aurait pu m'échapper. Il vit toujours à Montréal, il est toujours en couple, il a toujours 532 « amis ». Il y a cinq ans, il a participé à l'anniversaire de Gabriel. Il y a trois ans, il a passé une semaine au ski à Mont-Tremblant. Mais depuis, rien. Je navigue sur son profil de manière mécanique, je clique, je lis ce que je sais déjà. Je crois que je pourrais réciter les noms de ceux qui lui ont souhaité son dernier anniversaire. Même s'ils n'ont pour la plupart écrit que deux mots.

Sur l'une de ses photos, il enlace une fille devant le grand canyon. De tous les clichés présents sur sa page, c'est celui que j'ai le plus regardé. Je sais qu'il s'agit d'Agathe, son nom s'affiche lorsque je passe le curseur sur son visage. Je clique et j'atterris sur son profil. Là non plus il n'y a rien que je ne sache pas déjà. Elle vient de Lille, a étudié à Sciences Po Paris. Elle aime « le camembert de Normandie », Guillaume Canet et le café Fleurs de saison sur la côte d'Opale. Entre autres.

Je suis sur le point de fermer la page quand quelque chose attire mon attention. Une ligne datée du 19 mars qui indique la mise à jour de son statut. Agathe n'est plus « en couple ». Elle est désormais « célibataire ».

* *
*

Benjamin a ses mains sur mes yeux qu'il me demande de garder fermés. Il me dit d'avancer et c'est ce que je fais, en essayant d'être le plus à l'aise possible. Mais je lève mes pieds de manière exagérée, de peur de trébucher sur quelque chose. « Plus que quelques mètres. » Je n'aime pas les surprises, mais je suppose que ce n'est pas le meilleur moment pour l'en tenir informé. Alors je continue d'avancer en silence.

— Encore un peu…

J'entends à sa voix qu'il est heureux. Qu'il y a au bout de ses mots la perspective d'un moment de joie, alors j'essaie de prendre de l'avance et de sourire.

— Tadam !

Il retire ses mains et une lumière puissante m'éblouit. Un néon violet que je mets quelques secondes à déchiffrer se trouve en face de moi. La lettre « r » clignote dans un grésillement irrégulier. Je pense aussitôt à Marcel et aux zones commerciales que nous parcourions à chaque ouverture de magasin. Rien ne m'a jamais rendue plus mélancolique que ça, un néon qui clignote en oubliant une lettre en route. Ce temps qui passe. Cette modernité qui s'étiole.

Je me tourne vers Benjamin.

— Un karaoké ?

Il hoche la tête. J'ai envie de partir en courant, mais je ne bouge pas d'un millimètre. Mon sourire a disparu, je m'en aperçois alors je fais l'effort de le remettre sur mon visage. Benjamin ne semble rien remarquer. Il ne sait pas que je n'ai pas chanté depuis des années. Que je ne fredonne pas en faisant mes courses, ni même sous la douche. Que j'éteins parfois la radio quand j'entends les premières notes de certaines chansons. Il ne le sait pas, mais je ne dis rien. Il attrape ma main et m'entraîne à l'intérieur.

La petite salle tapissée de rouge et noir ressemble à l'idée que je me fais d'un studio d'enregistrement. Je songe à toutes ces après-midi dans ma chambre d'enfant, la main collée à mon oreille en ne sachant pas vraiment pourquoi j'effectue ce geste, si ce n'est que c'est ce que font les chanteuses quand elles sont sur scène.

— Ça te plaît ?

— Oui, dis-je, sans grande conviction.

Il m'embrasse puis se dirige vers un petit écran sur lequel il se met à pianoter. « Chanson française ? » J'acquiesce. Je préfère ne pas chanter des paroles que je ne comprends pas. « Voilà », dit-il avec un air satisfait et il me tend un micro avant de me prendre par les épaules pour me placer devant l'écran. J'ai à peine le temps de lire « Barbara » que la musique commence. Des notes de guitare pincées et puis le texte qui démarre comme un train dans lequel j'aurais oublié de monter.

« Voilà combien de jours, voilà combien de nuits,
Voilà combien de temps que tu es reparti »

Je bredouille, j'essaie de rattraper le rythme, de le comprendre même. Je n'entends même plus la musique mais seulement ma voix qui chante terriblement faux. D'ailleurs, je ne suis pas sûre de chanter : je lis. Je lis chaque phrase, chaque mot, chaque lettre. Je décortique le texte qui me prend à la gorge et serre mon cœur. Et puis il y a le refrain que je répète une première fois, puis une deuxième et enfin une troisième. Ce refrain qui s'incruste dans ma tête et qui semble déjà couler dans mes veines.

« Dis, quand reviendras-tu…
Dis, au moins le sais-tu,

Que tout le temps qui passe,
Ne se rattrape guère,
Que tout le temps perdu,
Ne se rattrape plus. »

J'ai beau sentir dans mon dos le regard brûlant de Benjamin, c'est à Maxime que je pense. Je ferme les yeux et c'est lui que je vois, assis sur les marches de l'escalier, allongé dans l'herbe, debout devant moi. Je dessine mentalement les traits du petit garçon, de l'adolescent, du jeune homme, ce temps qui passe au milieu de ce temps perdu. Celui qui ne se rattrape plus.

Quand la musique s'arrête, Benjamin m'observe quelques secondes. Il fronce légèrement les sourcils et me demande : « Tu pleures ? »

* *
*

Lorsqu'on sort du karaoké, il fait déjà nuit. Il m'entraîne dans un bistrot parisien, l'un de ceux où les serveurs portent une chemise blanche et un veston noir assorti d'un nœud papillon. L'un de ceux où Benjamin a toujours une anecdote à me raconter. Un auteur célèbre venait s'asseoir sur cette banquette et commandait un croque-monsieur pour écrire tel chef-d'œuvre. C'est dans celui-ci que se retrouvaient Gisèle Halimi et Simone Veil pour fumer en cachette. Dans celui-là que l'on a pu déguster pour la première fois un café assis et lire la presse tranquillement. Ce soir il m'explique la forme du plafond typique d'une certaine époque, mais je n'écoute pas. Lorsqu'on quitte le restaurant, il passe un bras sur mes épaules et me dit : « C'était une bonne soirée. » J'imagine qu'il essaie surtout de s'en convaincre.

Et puis la vie reprend. Parce qu'il n'y a rien à faire. Parce qu'il n'y a rien à faire d'autre que de la reprendre là où elle ne s'est pas vraiment arrêtée.

Chapitre 15

2019

Depuis six mois, je travaille à la rédaction d'un magazine qui n'existe que sur Internet. Sur ma fiche de poste, il est écrit « journaliste » et j'essaie de me convaincre que c'est ce que je suis. Une journaliste. Mais parfois encore, quand on me pose la question, je préfère une périphrase : j'écris des articles. Benjamin insiste. Il veut que je le dise, ce mot. Après tout, peu importe. Je suis payée pour écrire et c'est de loin la chose la plus incroyable qui puisse m'arriver.

Un jour, au détour d'une conversation, Benjamin glisse que c'est bête, tout de même, de payer deux loyers. Ce n'est pas la proposition la plus romantique mais c'est la plus pragmatique. Et c'est aussi ce qui me plaît chez lui. Son intelligence, ses connaissances sans limites, sa culture, son calme, ses décisions toujours justes. Alors le lendemain, j'annonce à Astrid que je déménage. Elle sourit, prétend être contente pour moi. Mais quand je franchis la porte de l'appartement, elle me rappelle que, si je venais à changer d'avis, elle m'attend.

Le jour de mon départ, je me rends compte que je ne possède presque rien. Ma vie tient dans quelques cartons et je songe alors à Marcel et à sa vie qui tenait sur une feuille A4. Quand je ferme la porte de l'appartement pour la dernière fois, mon cœur se serre. Quand je serai vieille et que je penserai aux symboles de ma jeunesse, je ne sais pas ce qu'il restera. Peut-être un clic-clac qui grince et le souvenir de soirées passées le dos collé à un radiateur. Ce dont je suis certaine, c'est qu'il y aura toujours le visage d'Astrid.

Le soir de mon emménagement chez lui, Benjamin ouvre une bouteille que nous buvons en imaginant la vie qui nous attend. Celle des couples qui s'embrassent le matin au coin d'une rue avant de prendre des directions opposées. On trinque à ce saut dans la vie d'adulte et à tous ces rituels que l'on va adopter après s'en être tant moqués. On rit et on se fait cette promesse qu'on ne tiendra évidemment pas, celle de ne pas avoir un côté de lit attitré.

Lorsque nous nous couchons, ce soir-là, j'attends que Benjamin s'endorme en guettant sa respiration. Au bout de quelques minutes, quand elle me semble suffisamment régulière, je me lève et je vais m'asseoir devant ce grand meuble blanc qui semble ployer sous le poids des dizaines et dizaines de livres entassés sur chacune des étagères. Une bibliothèque suédoise comme on en trouve quasiment dans tous les appartements. C'est écrit sur leur site jaune et bleu : sur cette planète, une vente se fait toutes les cinq secondes paraît-il. Tout le monde a donc des livres à ranger.

J'observe cette bibliothèque qui fait la taille d'une porte. Aucun de ces livres ne m'appartient. Aucun, sauf un que je suis venue glisser quelques heures plus tôt en ayant l'étrange impression de me diluer. Il y a un peu de disparition dans la vie à deux et cela passe aussi par ce que l'on possède. Ou justement, ce que l'on ne possède pas.

Je passe mon doigt sur les tranches jusqu'à tomber sur le livre que je cherche. Je ne l'ai jamais lu, mais je sais exactement qui me l'a offert : Maxime. Des années plus tôt, lors d'une discussion j'avais dit ce mot, ce mot qu'il m'avait demandé de répéter plusieurs fois comme si nous ne parlions pas la même langue. Alors c'est ce que j'avais fait. D'abord d'une voix pleine d'assurance et puis dans un souffle de plus en plus hésitant. Je l'observais sans voir où était le problème. « Comment ça, tu ne sais pas ce qu'est une tralle ? » Ses sourcils froncés avaient peu à peu fait place à un sourire. Il avait compris ce que je mettrais des années à comprendre.

— Quoi ? avais-je demandé.

— Rien rien.

— Ben si, pourquoi tu souris ?

— Pour rien Billie. C'est juste que ton mot, il existe pas.

— Bien sûr que si, il existe !

— Si tu le dis…

Il avait haussé les épaules.

— Il existe ! avais-je insisté. Sinon, comment expliques-tu le fait que je le connaisse ?

— D'accord.

En souriant, il avait tenté de passer sa main dans mes cheveux mais j'avais détourné la tête. J'essayais de me souvenir. J'essayais de me souvenir de toutes mes forces si, ne serait-ce qu'une fois, j'avais entendu quelqu'un prononcer ce mot. Mais rien ne me venait. Rien, sauf le visage de Marcel.

Nous n'avions plus abordé le sujet de la journée. Mais dès que je fus enfin seule, je me précipitai sur un dictionnaire à la recherche de ce mot. J'avais tourné les pages, récité l'alphabet à voix haute, insisté avec toute ma mauvaise foi, mais je ne l'avais pas trouvé. Ce mot n'existait pas.

À partir de ce moment-là, je me suis mise à questionner tout mon vocabulaire. Dès qu'un mot me paraissait trop original, je n'osais plus l'employer en public. J'étais terrifiée à l'idée que l'on découvre que ma langue maternelle m'échappait.

Une semaine plus tard, la voisine du dessous m'avait tendu une enveloppe épaisse dans laquelle se trouvait ce livre. *La Place* d'Annie Ernaux. Sur la première page, il y avait une dédicace écrite de la main de Maxime. À l'époque, je l'avais à peine survolée.

« J'ai étudié ce livre en cours de français. Il m'a fait penser à toi. La place, celle que tu occupes, celle que tu espères. Celle qu'il existe entre nous. Je sais que tu sais déjà que tout est possible. Mais quand tu l'oublieras, tu pourras relire ce livre. Et te rappeler que dans toutes tes fuites, il y aura toujours une place auprès de moi. »

Je regarde la date écrite en haut à droite de la page et je me demande comment c'est possible. Avril 2007.

Il est plus de 4 heures, je relis une dernière fois les mots de Maxime et je retourne me coucher auprès de Benjamin. Je suis tout à coup prise d'un doute. Celui de ne pas être à ma place.

* *
*

Clara, la rédactrice en cheffe, a décidé de faire un nouveau format pour décrypter l'actualité et elle me convoque dans son bureau pour m'en parler. C'est une femme qui n'a pas le temps, c'est la première chose qu'elle dit à tous ceux qu'elle reçoit en rendez-vous. « Faites vite, je n'ai pas le temps » et tout le monde se met à parler à cent à l'heure, comme à l'époque des forfaits téléphoniques bloqués à la minute. Quand elle s'impatiente, ses longs cils se mettent à battre tel un compte à rebours. Tout le monde ressort de là avec un nombre de pulsations cardiaques beaucoup plus élevé que la moyenne. Serge fait même de la méditation dans les toilettes après chacun de ses entretiens avec elle. Clara se souvient d'énormément de choses, mais elle en oublie au moins autant. Sa voix grave pourrait laisser croire qu'elle fume trois paquets par jour mais il suffit de regarder le fond de sa poubelle pour y trouver un tas d'emballages de chewing-gum à base de nicotine.

— Plus personne n'a le temps de lire. D'ailleurs, je ne suis même pas sûre que les gens sachent encore le faire. Ce week-end, mon neveu de 4 ans a essayé de cliquer sur un livre.

Elle se lève et se dirige vers la fenêtre.

— Non, ce qu'il faut, c'est aller de l'avant. Innover, dit-elle en regardant au loin.

Elle se tourne vers moi et me fixe quelques secondes.

— Vous avez une jolie voix Billie. J'imagine que vous devez bien chanter. Souvent ces choses-là vont ensemble, n'est-ce pas ?

Je ne réponds rien et me contente de sourire. Ce n'était pas vraiment une question.

— Je voudrais lancer un podcast et que vous soyez notre voix. Vous êtes jeune en plus, c'est très bien, les gens détestent les vieux.

Elle prend un chewing-gum avant de poursuivre.

— L'idée c'est d'écrire des papiers, comme vous le faites déjà, plus longs évidemment, avec une thématique plus forte aussi. Ça peut être des enquêtes mais aussi des interviews.

À vrai dire, vous avez plus ou moins carte blanche. On pourrait d'ailleurs appeler ça La Carte blanche. Vous en pensez quoi ? La Carte blanche de Billie Letellier, ça fonctionne, pas vrai ? On va vous fournir tout le matériel pour enregistrer et puis il y aura un ingé son qui montera vos épisodes, on ne vous laissera pas toute seule, on va créer une vraie équipe.

Elle regarde sa montre puis lève à nouveau les yeux dans ma direction. Je devine qu'elle n'a plus de temps à me consacrer.

— C'est une belle opportunité, vous savez. Prenez le temps d'y réfléchir mais à votre place je ne la laisserais pas passer.

Chapitre 16

2020

J'ai 29 ans. Je connais désormais le quartier comme si j'y avais toujours vécu. Il y a des airs d'éternité dans les paroles du quotidien, les sourires des commerçants et les gestes anticipés. « Un café avec un verre d'eau comme d'habitude ? » Cela fait longtemps que certaines questions n'attendent plus de réponse.

On pourrait presque croire que cela a toujours existé. Mais tout le monde sait que le mot « toujours » est un abus de langage.

Les jours s'accumulent au pied de notre lit. L'habitude est partout. Elle se visse dans les recoins d'un couple, aussi. Chaque matin est une répétition, un spectacle qui se joue dès le réveil. Benjamin règle l'alarme de son téléphone à 7 h 11 et se lève aussitôt. Il prend sa douche, s'habille puis va dans la cuisine où il allume la radio réglée sur France Inter. Le présentateur annonce alors qu'il est 7 h 30 et Benjamin allume la cafetière qui vibre quelques secondes. Il glisse deux tranches de pain dans le grille-pain et patiente en consultant ses mails sur son téléphone. Il boit son café, d'abord une gorgée qui le fait toujours grimacer. Trop chaud. Trop brutal. Il attend. Il en profite pour arroser la plante, une *Calathea* qu'il m'a offerte pour mon anniversaire, ou pour ranger quelques magazines qui traînent dans le salon. Quand il pleut, il boit toujours son café près de la fenêtre. À 8 heures, il enfile sa veste, attrape ses clés et s'approche de moi pour m'embrasser sur le front. « À ce soir », me glisse-t-il avec une intonation ambiguë, quelque chose entre l'affirmation et l'interrogation que j'ai toujours trouvé touchant. Il claque la porte et disparaît. Je récupère alors les deux tranches laissées dans le grille-pain et m'installe pour prendre mon petit-déjeuner.

Ce matin comme les autres, tout s'était passé comme d'habitude. La journée était prête à commencer, identique aux précédentes. Mais il suffit parfois d'un détail pour venir bouleverser un quotidien parfaitement rodé. Peut-être même une vie. En l'occurrence, ce détail, c'est une promotion, la veille, au rayon fromage. Un souvenir d'enfance qui ressurgit et Benjamin qui rentre des courses avec une boîte de Vache qui rit dans laquelle se trouve un magnet qu'il s'empresse de coller sur la porte du frigidaire. Cela lui ressemble si peu pourtant. À choisir, Benjamin préfère l'ordre. Il aime le blanc, le beige, le lisse. Il aime le style scandinave et les tiroirs dans lesquels tout peut disparaître. Alors un magnet rouge et bleu avec une vache dessus avait peu de chance de lui survivre. Mais l'enfance peut tout. L'improbable comme l'impossible.

En étalant du beurre sur mes tranches de pain, le regard fixé sur cette vache qui semble se foutre de moi, je pense à cette promesse faite quand j'avais 13 ans. Celle de ne jamais manquer d'audace. Et je me dis que ce n'est pas étonnant, si cette vache se marre encore, toutes ces années après.

Je me lève, dépose ma tasse dans l'évier sans la rincer. Ce manquement me vaudra un reproche mais je m'en fiche. Enfin, plutôt, j'ai la flemme. J'attrape mon sac, enroule mon écharpe autour de mon cou et décroche mon manteau. Je suis sur le point de claquer la porte quand l'écran d'un téléphone posé sur la table basse s'illumine. Je vérifie, le mien est dans ma poche. C'est celui de Benjamin.

J'hésite quelques secondes, mais je finis par faire les quelques pas qui me séparent du mobile. Je suis en train de calculer le temps qu'il me faut pour passer à son bureau et le lui déposer quand l'écran s'allume à nouveau. Je jette un œil à l'expéditeur, Étienne. Ça ne me dit rien. Mes yeux parcourent les quelques lignes écrites en dessous et la première chose qui me surprend c'est qu'Étienne « est contente » d'avoir vu Benjamin. Mais ce qui me surprend vraiment. Vraiment vraiment. C'est qu'Étienne signe son message en écrivant Elsa.

* *
*

Depuis six mois, les audiences du podcast ont explosé. Cela avait commencé doucement pourtant. De bons retours mais pas beaucoup d'écoutes. Clara aurait presque douté de son idée si seulement elle avait la faculté de le faire. Mais Clara ne doutait jamais. À la place, elle m'avait dit de ne rien lâcher. Qu'il suffisait d'un alignement des planètes et que celui-ci allait avoir lieu. C'était juste une question de temps. « Le talent, tu l'as. Le travail, tu le fais. Le reste arrive. Le reste finit toujours par arriver », m'avait-elle dit avant de prendre un appel et de disparaître en claquant la porte. Et c'est ce qu'il s'était passé. Il y avait eu ce reportage au journal télévisé de 20 heures ce dimanche soir de février. Le présentateur avait rassemblé ses fiches puis il s'était adressé à la caméra le sourcil levé et l'air inquisiteur :

« Les podcasts sont-ils l'avenir du journalisme ? Dans les transports, les files d'attente ou même, lors du footing du dimanche, vous l'avez sûrement remarqué, ils sont de plus en plus nombreux à avoir leurs écouteurs vissés dans les oreilles. Ce phénomène, ce sont les podcasts, ces émissions audio aux sujets aussi larges que variés qui prolifèrent sur les plateformes d'écoute. Il y a les auditeurs bien sûr, vous peut-être, mais aussi leurs créateurs. Aujourd'hui, chacun peut prendre un casque et un micro et devenir "podcasteur". Mais alors, peut-on se fier à tout ce contenu ? C'est une question à laquelle va tenter de répondre notre journaliste Ingrid Debard. »

La voix d'Ingrid prend le relais. Elle nous entraîne avec elle interroger des personnes dans la rue et savoir s'ils consomment des podcasts. Des hommes et des femmes de tout âge répondent à sa question. Lorsque la réponse est affirmative, elle leur demande de préciser lesquels. C'est là qu'une jeune femme cite La Carte blanche de Billie Letellier.

La suite du reportage a lieu dans un bureau. La journaliste montre la vidéo de son micro-trottoir à un homme d'une quarantaine d'années, assis devant une bibliothèque. Un bandeau en bas de l'écran nous informe qu'il s'agit de « Patrice Lebœuf – spécialiste podcast ». Et on est tenté de se demander si Patrice n'est pas un spécialiste intérimaire qui donnera peut-être, d'ici quelques jours, son avis sur la pizza hawaïenne ou la vie de Louis XVI. Patrice trouve tout très intéressant et fait remarquer des choses concernant la société actuelle. Il met cependant en garde contre le danger des *fake news*. Et c'est là qu'il ajoute cette phrase qui va changer ma vie.

« Il n'empêche, certains podcasts offrent du très bon contenu. Du contenu qui n'a rien à envier aux plus grands groupes média. Une jeune femme parlait très justement de La Carte blanche de Billie Letellier. C'est, selon moi, l'un des meilleurs podcasts d'actualités. »

Depuis, en plus de l'ingénieur son qui s'occupe de monter les épisodes, j'ai désormais quatre personnes qui travaillent avec moi. Les trois épisodes hebdomadaires sont devenus des rendez-vous quotidiens avec un format spécial le week-end. La Carte blanche s'est fait une place dans l'univers radiophonique et se faufile régulièrement dans le haut du classement des meilleures écoutes, parmi les émissions de radio les plus populaires.

* *
*

Clara n'a toujours pas le temps pour les autres mais désormais, elle en a pour moi. Ce matin, lorsqu'ellc passe la tête dans mon bureau, elle me lance :

— Vous parlez anglais, n'est-ce pas ?

— Heu… je…

— Il faut que vous parliez anglais, Billie. Attendez, je vais chercher un café. Je reviens.

Je ne parle pas anglais. Je repense à M. Cordier, ce prof qui avait décidé que je n'en valais pas la peine et que mon niveau déplorable dans cette langue ne le concernait pas. J'avais voulu lui prouver le contraire, mais je n'y étais pas parvenue.

Je revois son visage dans les moindres détails alors que j'en ai oublié tant d'autres. Je me demande ce qu'il est devenu, s'il choisit toujours les combats qu'il sait gagnés d'avance.

Au même moment, Clara frappe à la porte et entre avant que je ne l'invite à le faire. Elle se tient debout derrière la chaise sur laquelle les gens ont l'habitude de s'asseoir. J'imagine que son corps ne doit pas pouvoir tenir cette position. Car, peu importe le contexte, Clara ne fléchit pas.

— Il faut que l'on aille à l'international.

Elle boit une gorgée de son café avant de se mettre à marcher d'un bout à l'autre de la pièce.

— Si on n'y va pas, d'autres vont le faire et vous commencez à me connaître. Cette idée m'est insupportable.

Elle sort une cigarette électronique de sa poche et tire une bouffée avant de reprendre :

— La force de ce podcast, c'est vous. Vous avez cette voix si particulière… Voix qu'en plus de cela, vous incarnez à merveille. Vous êtes cette fille à qui les auditeurs s'identifient, mais avec un petit quelque chose en plus. Et puis, les Anglais, les Américains… ils adorent l'accent français. On pourrait même imaginer un nom un peu cliché. Billie the Frenchy, par exemple. Ou juste Billie Frenchy. Après tout, pourquoi pas… C'est un nom de scène qui sonne plutôt bien, non, Billie Frenchy ?

— Clara, merci. Je suis touchée… mais je ne parle pas anglais. Vraiment pas.

Elle s'arrête et se tourne vers moi.

— Ce n'est pas un problème. Vous allez partir vivre six mois à Londres, on vous prend un coach pour des cours intensifs comme les acteurs de cinéma. Et quand vous revenez, on lance le podcast en anglais.

Elle se dirige vers la porte, me lance un « on en reparle » avant de disparaître en tirant sur sa cigarette électronique. Au même moment, un mail de Benjamin s'affiche sur l'écran de mon ordinateur.

« J'ai oublié mon téléphone à l'appartement. Si tu as besoin de me joindre, appelle-moi au bureau. »

* *
*

Depuis ce matin, ces quelques mots qui se sont affichés sur son téléphone ne me quittent pas. Je me demande qui est cette Elsa qu'il dissimule derrière un prénom masculin dans son répertoire et si cette phrase que la plupart des femmes trompées prononcent d'une même voix est vraie : « Je n'ai rien vu venir. »

Car c'est exactement ça. Je n'ai rien vu venir.

Tout a toujours été simple avec Benjamin. Il m'a aimée en une seconde et depuis, il fait en sorte qu'il ne m'arrive rien. Cette pensée me fait sourire au moins autant qu'elle me serre le cœur : elle est l'amour et son contraire. Depuis trois ans, il ne m'est pas arrivé grand-chose. Je sais que je l'ai aimé pour ça. Pour la stabilité. Pour sa veste sur mes épaules, mes verres jamais vides et mon cœur toujours plein.

Un jour, Astrid m'a dit : « Benjamin, c'est l'amour en chaussons. » Devant mon air vexé, elle s'était empressée d'ajouter : « Non mais attends, c'est génial les chaussons. On en a ras le cul de marcher en talons aiguilles ! »

* *
*

Je pousse la porte de l'appartement et une odeur de plat en sauce chatouille mes narines.

Benjamin est en train de préparer le repas, les manches de sa chemise retroussées jusqu'au coude et un tablier noué autour de la taille. Il fait partie de ces personnes qui enfilent un tablier pour cuisiner, mettent un pyjama pour dormir et s'enroulent dans un peignoir pour sortir de la douche. Il utilise un chausse-pied, des couverts à poisson, un marque-page, un coupe-papier, un parapluie. Il a un objet pour chaque acte de sa vie et sa vie ressemble à des cadeaux de Noël offerts par un cousin éloigné. Alors que moi, il m'arrive de m'essuyer le nez dans un coin de mon écharpe et de manger un yaourt avec le manche de la fourchette. J'aime le regarder être cette personne si différente de moi.

Je m'avance vers lui, il m'embrasse sur le front et me demande si j'ai passé une bonne journée. Il me propose ensuite un verre de vin, un rouge qui lui a été conseillé par Fabrice, le caviste du bout de la rue. Ça aussi, c'est tout à fait lui. Acheter les produits chez des spécialistes. Poser des questions, nouer des liens. Lorsque l'on aura fini de boire cette bouteille, il ira raconter à Fabrice ce qu'il en a pensé et ils discuteront longtemps pour choisir la prochaine.

Je plonge mes lèvres dans le verre.

— Tu aimes ? Un poil râpeux, je trouve, mais subtil quand même.

— J'ai eu une proposition au travail.

Il pose sa cuillère en bois, essuie ses mains sur son tablier.

— Une proposition ?

Et je lui raconte. Les mots de Clara, bien rangés, les uns après les autres. Les audiences, le lancement à l'international, la promotion. Le budget débloqué. La priorité du groupe. Pour moi. T'imagines ? Je continue sans lui laisser le temps d'intervenir. Les six mois à Londres, les cours d'anglais pour maîtriser cette langue que je ne parle pas. Travailler l'accent. Je dis : « Un pari. » Je dis aussi : « Une chance. » J'ajoute : « C'est une belle opportunité. » Je complète : « L'une de celles que l'on a qu'une seule fois dans la vie. » Et puis je ne dis plus rien. Benjamin hoche la tête d'un air concentré.

— Effectivement, c'est génial. Tu dois y aller, c'est certain. Six mois, c'est rien. Je viendrai, tu rentreras. Londres, c'est la porte d'à côté. On se débrouillera.

— Il y a autre chose.

— Ah ? Je t'écoute.

— Je voulais te demander…

— Oui ?

— Qui est Elsa ?

* *
*

Il n'a pas compris tout de suite. Il a répété : « Elsa ? » comme s'il ne voyait pas à qui je faisais allusion. Et puis d'un coup, il s'est mis à rire. « Aaah Étienne ! Tu veux dire Étienne. » J'ai froncé les sourcils. Je n'avais pas du tout voulu dire Étienne. Sinon j'aurais dit Étienne. Mais là, j'avais dit Elsa. Ma bouche en accord avec ma tête, avait dit Elsa. Il a ri à nouveau. Je me suis demandé s'il riait parce qu'il ne savait pas quoi dire. S'il avait compris que j'avais vu le message et qu'il cherchait à gagner du temps. J'ai alors pensé à l'accord au féminin : « Je suis contente de t'avoir revu. » Elsa est contente de l'avoir revu, ça fonctionne quand même beaucoup mieux qu'Étienne est contente de l'avoir revu. Il m'a attrapée par les épaules, m'a attirée doucement vers lui. Il m'a dit qu'Elsa, c'est Elsa Étienne, une fille de sa promo de Lille. Jamais personne ne l'appelait Elsa. La première semaine peut-être. Mais ensuite, tout le monde s'était mis à l'appeler Étienne. Tu sais, c'est le genre de filles toujours fourrées avec les garçons, qui hurlait dans un microphone debout sur les comptoirs des bars et qui buvait comme quatre. Un jour, elle a coupé ses cheveux avec ses ciseaux de cuisine parce que c'était plus pratique pour gérer ses cuites. Bref, c'est Étienne. Elle est journaliste maintenant. Enfin c'était prévisible, elle allait pas devenir sage-femme, on s'est rencontrés à l'ESJ. Et je l'ai croisée il y a deux jours à une conférence de presse. Elle a changé. Disons qu'elle n'allait pas faire tourner son soutif au-dessus de sa tête devant le président du Sénat, mais oui, elle a changé. On a tous changé j'imagine.

Il fait une pause, regarde au loin en se grattant le menton puis il revient à moi.

— Quoi ? demandé-je.

— Rien.

— Ben si, pourquoi tu souris ?

— Je souris parce que c'est la première fois depuis que l'on est ensemble que tu sembles être touchée par une forme de jalousie.

* *
*

Je suis invitée à l'inauguration de la médiathèque François-Mitterrand, un bâtiment immense qui paraît complètement disproportionné par rapport à la taille de la ville. Mais bon, il n'y a jamais trop de place pour la culture. C'est ce que dira l'un des élus locaux lors de son discours d'accueil devant une petite foule compacte de personnes bien habillées.

Je ne sais pas très bien ce que je fais là, à quelques rues de l'immeuble gris où j'ai grandi, ni pourquoi j'ai accepté de venir. Je ne connais personne, pas même de vue. Je sais juste qu'il s'agit de la petite élite de la ville. Je le vois à leurs gestes, leurs manières, leurs façons de s'exprimer. Leur rire un peu surjoué aussi. Leur air content d'eux surtout. Je les observe tous mais ce que je vois, ce sont tous ceux qui ne sont pas là. Les gens comme Marcel et moi. Des gens qui ne savaient même pas que des festivités avaient lieu.

Cela me rappelle la fois où, assise dans le salon de la voisine, j'avais compris que la plupart des émissions qui passaient à la télévision étaient enregistrées. Que ce que je regardais, c'était des gens absents, des gens qui avaient mieux à faire. Je m'étais alors fait la promesse qu'un jour, ce serait moi, de l'autre côté de l'écran.

Le maire coupe un ruban rouge et tout le monde se dirige vers l'intérieur. Dans la file, je me retrouve au côté d'une jeune femme de mon âge que je reconnais en une seconde. C'est Julie.

— C'est marrant de te voir ! me dit-elle. Justement la semaine dernière, en faisant du tri dans les vieilles VHS de mes parents, je suis tombée sur une vidéo d'un spectacle de fin d'année à l'école primaire. Je te l'enverrai si tu veux.

La conversation continue, mais Julie s'arrête régulièrement pour saluer des hommes et des femmes. Elle m'explique qu'elle a repris ses études, un BTS dans le social, mais qu'elle n'est pas sûre que ça lui plaise. Au même moment, son père passe à côté d'elle. Je le reconnais pour l'avoir vu sur des tracts à chacune des élections municipales.

— Papa, tu te souviens de Billie ? On était à l'école ensemble.

Il répond que oui, bien sûr, dans un sourire vide et je devine que ce n'est pas du tout vrai. Il lui glisse de ne pas oublier de saluer Jean-Paul Martin, que c'est important, et Julie lui promet d'aller le voir avant la fin de la soirée. Elle continue d'embrasser tout le monde comme si elle était à un repas de famille. Une femme avec un élégant chapeau noir lui chuchote quelque chose au creux de l'oreille, une minute plus tard, Julie pose sa main dans le bas du dos d'un homme qui semble avoir construit le bâtiment dans lequel nous nous trouvons.

Comme promis, à la fin de la soirée je lui donne ma carte de visite pour qu'elle m'envoie la vidéo du spectacle.

— J'ai écouté ton podcast. Félicitations. Ça ne m'étonne pas qu'il marche si bien.

— Merci Julie.

— Au fait, tu vois toujours ce garçon ?

— Qui ça ?

— Celui avec lequel tu avais « emprunté » mon scooter, dit-elle dans un sourire forcé.

* *
*

Je reçois un mail de Julie Ramade avec pour objet « spectacle CP ». Je télécharge la pièce jointe et une petite fenêtre apparaît sur l'écran de mon ordinateur. La vidéo commence, l'image est tremblante, le son mauvais et les couleurs plutôt fades. Derrière la caméra, une voix d'homme annonce : « Spectacle de fin d'année de Julie » en détachant chaque syllabe. Quelques secondes plus tard, le rideau rouge s'ouvre sur une scène plongée dans l'obscurité. Les derniers chuchotements s'arrêtent et le silence se fait dans la salle. Un faisceau de lumière s'allume. Je suis seule sur les planches, un micro entre les mains. Je parais si petite au milieu de cette grande scène. Pourtant je regarde droit devant moi d'un air décidé. Dans le coin droit, on peut voir ma maîtresse, Mme Perrier, dos au public, qui me fait des signes. À trois, ce sera à moi. Un, deux, elle retient son souffle et braque ses deux mains sur moi.

Ma voix, ma toute petite voix chante les premières notes d'une chanson que l'on a dû sans doute composer en classe. Je devine la peur dans mes intonations chevrotantes et j'ai le cœur en miettes pour cette petite fille, seule, devant cette salle remplie d'adultes. Mais aussi, au-delà de ces murs. Pour autant, à chaque mot ma voix gagne en assurance. Elle est de plus en plus forte, de plus en plus juste. Au refrain, un groupe d'élèves entre sur scène et se met à chanter avec moi. Des arbres, des lapins, un renard, un ours. Un champignon. Toute la forêt et ses animaux chantent et dansent dans une chorégraphie très approximative.

Au dernier couplet, je tiens une longue note pendant plusieurs secondes et puis la chanson se termine. Le rideau se ferme et un tonnerre d'applaudissements s'élève. Au milieu de ce brouhaha, j'entends un léger murmure. Quelqu'un vient de dire quelque chose tout proche de la caméra. Je fais un retour arrière, j'augmente le son de mon ordinateur, j'approche mon oreille, j'écoute à nouveau. Alors j'entends ce que le père de Julie chuchote à sa mère quand celle-ci lui glisse que « la petite Letellier chante sacrément bien ».

— Comme sa mère, oui. Comme sa mère…

Chapitre 17

2021

J'ai 30 ans. Depuis trois mois, je vis à Londres, dans un appartement que je partage avec deux Anglais d'environ mon âge. Jack, originaire de Manchester qui travaille en finance, et Lauren, une Écossaise qui a un poste en marketing dans une université londonienne. Mes premiers jours ici, je les ai passés dans une chambre d'hôtel à manger sur mon lit et à ne parler à personne. Au bout d'une semaine, je ne parvenais toujours pas à commander autre chose que du *fish and chips* au *room service*. J'ai appelé Clara et je lui ai demandé de me trouver une colocation.

— Une colocation, vous êtes sûre ?

— *Absolumently*.

— OK, je vois. On va vous trouver ça.

La troisième visite fut la bonne. Un appartement à Liverpool Street, entre gratte-ciel et maisons géorgiennes, au milieu des pubs anglais et des restaurants indiens. À quelques stations de la gare de Saint-Pancras aussi. Celle qui me relie à la France et à Benjamin.

J'ai la chambre la plus petite, celle qui donne sur la rue la plus bruyante. Mon lit occupe quasiment tout l'espace. Ma fenêtre ressemble à une guillotine et c'est la première blague que Jack m'a faite le jour où j'ai déposé mes valises. « *I know you French people like cutting heads off, but watch out Billie !* » Et il a ri. Évidemment, je n'ai rien compris.

Il n'y a pas de volets mais deux bouilloires. Il y a de la moquette dans les couloirs et même dans la salle de bains et les toilettes. Il faut bien fermer les sacs-poubelle car, la nuit, des renards viennent fouiller ceux qui se trouvent en bas de chez nous.

Parfois, je prends un bus rouge au hasard. Je monte à l'étage et je colle mon front contre la vitre sans savoir où je vais. Au début, je m'arrêtais au terminus. Maintenant je sais que les bouts de ligne sont rarement des lieux fréquentables. J'achète des pizzas par deux pour avoir la troisième gratuite. Une nuit, j'ai fait mes courses en rentrant de soirée pour voir ce que cela faisait d'être à 2 heures du matin dans un supermarché. Le dimanche, Jack cuisine un *chicken curry* qu'il considère comme un plat typiquement anglais. Je mange du *garlic bread*, je bois des litres de bière, je mets du lait dans mon thé. Il est rare que je ne répète pas deux fois mes phrases pour me faire comprendre. Même des mots simples comme « *water* » qui ne me semble pourtant pas hors de portée.

Dès les premiers jours, Lauren m'a proposé de l'accompagner à une soirée chez des amis. Vers 22 heures, alors que j'avais l'impression qu'il en était cinq de plus, nous sommes allées dans une boîte de nuit logée dans une ancienne église. Sur le sol, là aussi, il y avait de la moquette. J'ai dit à Lauren : « *Where is the shower ?* » mais elle n'a pas ri. Elle m'a juste demandé si je pouvais répéter ma question. Quand elle sort, Lauren porte toujours une jupe courte, des talons de douze centimètres, beaucoup de maquillage mais jamais, jamais de manteau. Peu importe le temps qu'il fait.

Mon quotidien s'organise toujours de la même manière. Le matin, j'ai trois heures de cours intensifs avec Darren, un homme de lettres et de détails qui assortit ses chaussettes à son nœud papillon. En plus de m'apprendre le vocabulaire et la grammaire, Darren m'enseigne la prononciation grâce à une technique très particulière. Un mélange de chant et de phrases aux sonorités compliquées qu'il me fait répéter à l'infini. *How much wood would a woodchuck chuck if a woodchuck could chuck wood ?* Au deuxième cours, il me dira que j'ai des facilités avant d'ajouter : « Les langues, c'est toujours plus facile pour ceux qui chantent bien. »

L'après-midi, je lis toute la presse, j'échange avec mes équipes restées à Paris et je rédige mon texte, celui que je vais enregistrer en fin de journée pour mon podcast. Les week-ends,

Benjamin vient me rendre visite et nous parcourons Londres de Covent Garden à Brick Lane en passant par Camden Town, Piccadilly Circus et Hyde Park.

À part Lauren et Jack, je n'ai personne. Il m'arrive de me sentir seule, alors je partage de plus en plus ce que je vis sur les réseaux sociaux. Un jour, je reçois une notification sur mon téléphone. J'ai un nouvel abonné. Il s'appelle maxime.jdn. Son profil est quasiment vide mais sa dernière photo a été prise il y a moins d'une semaine, à Paris. Dessus, il tient un croissant à bout de bras, devant la boulangerie près de l'appartement de ses parents. En légende, il n'a écrit que deux courtes phrases : « Meilleur croissant de Paris. Mais bien meilleur dans mes souvenirs. »

Dans les jours qui suivent, je guette ma messagerie. Je me dis qu'il va forcément m'écrire. Mais les jours passent et il ne le fait pas.

Et puis un jour, il poste une nouvelle photo. Je reconnais aussitôt la devanture du bar dans lequel nous avons passé la soirée juste avant son départ pour le Canada. En dessous, quatre phrases, le premier couplet d'une chanson qui parle de s'asseoir sur un banc quelques instants pour regarder passer les gens.

* *
*

J'attends Astrid à la gare de Saint-Pancras. Sa visite est planifiée depuis qu'il est prévu que je vienne vivre ici six mois. La semaine dernière au téléphone, quand je lui ai demandé ce qu'elle avait envie de faire, elle m'a fait promettre de ne surtout rien prévoir de particulier. « Ne me prépare pas un programme de touristes. Je n'en ai rien à faire de voir Big Ben ou n'importe quelle autre horloge débile. Je viens te voir toi. Bon et puis pourquoi pas quelques Anglais. »

On passe une partie de notre samedi à la table d'un pub situé au bout de la rue de mon appartement. Quand on en a marre, on se lève, on fait quelques pas et on s'engouffre à l'intérieur d'un autre établissement qui se trouve sur notre route. C'est ainsi que de fil en aiguille, on arrive à l'entrée de Bunhill Fields, un cimetière vieux de quatre cents ans en plein cœur de Londres. Les tombes, plantées de travers au milieu des arbres, sont toutes les unes sur les autres. Le lieu est surprenant. Fascinant même. C'est un havre de paix au milieu de l'agitation citadine. Astrid s'assoit sur un banc pour admirer cet étrange spectacle. Je la rejoins et nous restons là, plusieurs minutes sans parler, à observer les passants qui prennent ce petit chemin qui relie la City Road à Bunhill Row comme s'il s'agissait d'un simple raccourci.

— Billie and the Graves, ça ferait un bon nom de groupe, tu ne trouves pas ? Attends, ne bouge pas !

D'un bond elle se lève, pointe son téléphone vers moi et me prend en photo.

— Voilà. On a la couverture de ton premier album.

À la fin du week-end, lorsqu'elle m'enverra toutes les photos prises au cours de ces deux jours, je regarderai celle-ci un peu plus longuement que les autres. Et puis dans mon lit, au moment de m'endormir, j'attraperai mon téléphone et dans une pulsion que je regretterai presque aussitôt, je la posterai sur les réseaux sociaux avec pour seule légende : « À m'asseoir sur un banc, cinq minutes, avec toi. »

* *
*

Je me mets à attendre. Je guette de plus en plus souvent l'écran de mon téléphone.

Et puis un jour, Maxime poste une nouvelle photo. Elle a été prise à la gare Montparnasse, c'est écrit au-dessus, grâce à la géolocalisation. C'est juste un train sur des rails mais l'image est accompagnée d'une phrase : « Reprise du championnat du monde d'apnée-train. Nouvelle discipline : l'apnée-photo. »

Ce n'est rien. Après tout, ce ne sont que des photos. Juste des photos.

Ce n'est pas ça le problème. Le problème, c'est mon sourire.

* *
*

Je n'observe plus le monde de la même manière. Je le regarde comme une photo que je pourrais prendre chaque seconde. Je cherche des détails autour de moi, quelque chose qui me relierait à Maxime et qui me permettrait de poster un cliché. Et c'est terrible, car c'est une quête permanente. Ce n'est pas un détail qui me fait penser à lui. C'est lui, tout le temps, potentiellement partout.

Un jour dans le métro, je tombe sur une affiche qui annonce un concert au Koko, ce grand bâtiment de style classique situé dans le quartier de Camden. Il fut un théâtre puis un cinéma, avant de devenir une boîte de nuit et une salle de concert. C'est l'un des premiers endroits dans lequel m'a amenée Lauren à mon arrivée à Londres. Son parquet ancien, ses balcons qui encerclent la piste, ses murs d'un rouge éclatant. Et puis cette immense boule à facettes qui illumine chaque pan de mur.

Je regarde à nouveau l'affiche, j'hésite quelques secondes. Et puis tant pis. C'est ce que je me dis. Tant pis. Après tout quoi ? Après tout rien. Je prends l'affiche en photo et la poste sur mon profil en me disant que ce sera la dernière fois. Il y aura le concert de Marcus J. Miller dans deux semaines et puis après c'est terminé. J'écris en légende ces deux mots : « *Last chance* » et je prends un billet sur mon téléphone.

* *
*

Le vendredi suivant, je rate mon Eurostar. Un problème sur la ligne jaune alors qu'il aurait suffi que je prenne la rose ou bien la magenta. Les trois suivent exactement le même itinéraire entre les stations Liverpool Street et King's Cross, mais comment savoir ? Je prétends ne pas voir l'acte manqué mais au fond de moi je sais bien que dans cette malchance, il y a une part de volonté. Dans ce hasard, il y a un départ de mon appartement dix minutes trop tard.

Je préviens Benjamin. Il me propose de prendre un billet et de me rejoindre mais achetés au dernier moment, les billets coûtent une fortune. Je lui dis que ce n'est pas grave, que de toute façon, j'ai du travail en retard. Avant de raccrocher il me dit : « Tu vas me manquer, Billie. » Je suis sur le point de répondre que lui aussi, il va me manquer, mais mon téléphone s'éteint. Je n'ai plus de batterie.

* *
*

Je suis seule, devant le Koko et son dôme en cuivre, avec mon billet entre les mains. Il est presque 20 heures. Dans quelques minutes, il ne sera plus possible d'entrer. Malgré cela, je préfère attendre le dernier moment.

Je regarde une ultime fois la photo que Maxime a postée trois jours plus tôt en essayant d'y déceler un indice. Mais ses pieds sur un skate ne disent pas plus oui que non.

Alors j'y vais. Je me glisse dans la foule et j'ai à peine le temps de trouver une place que déjà, la luminosité change et le public se met à crier. Le rideau s'ouvre et les premières notes de musique commencent.

Je sais que la salle a une capacité de mille cinq cents personnes.

Je me demande quelle est la chance, s'il est là, qu'on se retrouve ? Quelle est la chance qu'en ayant passé notre vie à se manquer, on se loupe encore ?

* *
*

Des accords de guitare s'élèvent de la scène et je reconnais tout de suite cette chanson. C'est celle que m'a fait écouter Maxime dans une chambre d'hôtel le jour où Marcel est mort. C'est la première fois que je la réentends depuis. La première fois que je fais attention aux paroles.

« *I can accept that I will lose you*
But I promise we'll always have a last dance
Because I am sure I will find you
And we'll have a last chance
I know that we might go nowhere
But one last time let's go there »

Je regarde autour de moi. Maxime est peut-être là, derrière l'un de ces dos ou à l'extrémité de l'une de ces mains qui se balancent dans les airs au rythme de la musique. Je fouille du regard la salle à la recherche de la courbe d'un nez, la fossette d'un menton, l'ourlet d'une lèvre qui me serait familier. Mais rien. Le concert se termine et je m'aperçois que je tourne le dos à la scène mais que malgré cela, je n'ai pas trouvé Maxime.

Je sors à la fois déçue et résignée. Sans doute qu'une part de moi n'y croyait pas vraiment. Je traverse la rue pour rejoindre l'arrêt de bus et j'attends là, perdue dans mes pensées, les yeux rivés sur le sol.

— Le concert t'a plu ?

Je lève la tête. Sur le trottoir d'en face, Maxime, les mains enfoncées dans les poches de son pantalon dans cette posture qu'il a toujours eue. Je souris.

— Je dirais que l'acoustique était meilleure que dans une certaine chambre d'hôtel.

* *
*

On poursuit la soirée dans un pub qui s'appelle The World's End. On s'assoit à une table et on commande à boire. On discute comme si le temps ne s'était pas arrêté et c'est sans doute parce qu'il ne s'arrête jamais qu'il rend ces discussions possibles. La soirée a des airs d'infini. Pourtant, le nom du bar écrit juste au-dessus de nos têtes nous rappelle que le monde en a bien une, de fin. En tout cas le nôtre, c'est certain. Mon cœur s'emballe de comprendre une chose pareille et alors mes mots courent sur les années perdues.

Je lui parle de mon travail, de mes articles écrits qui sont devenus une voix dans un micro. De la raison pour laquelle je suis ici. Je parle et plus je parle, plus je réalise à quel point je suis heureuse. À quel point j'ai réussi, un peu chaque jour, à faire un pas de plus dans la cour carrée de mon enfance.

— J'ai toujours pensé que tu ne voulais pas vraiment être chanteuse. Que ce que tu voulais, ce que tu voulais vraiment, c'était avoir une voix.

J'ouvre la bouche, mais je ne sais pas quoi répondre. À la place, je lui demande ce qu'il a fait, lui, pendant ces années. Alors que je pose cette question, je pense : « Est-ce la dernière fois qu'on se raconte nos absences ? Et si notre vie en pointillé était terminée ? »

Maxime me raconte l'avion qu'il a pris en laissant un bout de lui quelque part entre les étages d'une rédaction de journal parisien. Je me moque de lui, je dis qu'il en fait trop et il se met à rire. « Bon OK, j'en fais trop. Mais Billie, tu te rends compte qu'à chaque fois que je suis là, tu pars ? » Je plante mes yeux dans les siens.

— Je crois surtout que les histoires d'amour ne sont toujours écrites qu'à la première personne.

En disant cela, je pense à Benjamin et une vague de culpabilité me submerge. Au même moment, une cloche sonne et tous les clients du bar hurlent à l'unisson. Un homme assis à côté de moi m'informe qu'il s'agit d'une tournée générale. Quand je demande pour quelle raison, il hausse les épaules : « *Who cares ?* » Maxime lève son verre dans ma direction et me lance : « C'est vrai ça. *Who cares ?* »

— Alors ? Tu t'es marié ?

Il grimace.

— Un peu.

Je me mets à rire.

— Comment ça, un peu ?

— J'ai été marié deux semaines. C'est peu quand même, non ?

— Qu'est-ce qu'il s'est passé ?

— Rien.

— D'accord…

Il boit une gorgée puis, doucement, il repose son verre.

— Ce n'était pas la bonne personne, c'est tout.

* *
*

Il est plus de 2 heures du matin, mais j'insiste pour que l'on rentre en bus. Les deux places de devant, celles qui se situent à l'étage et donnent directement sur la route, sont libres et on s'installe là. Nos pieds contre le pare-brise. Ma tête tombe sur son épaule et mes yeux se ferment de fatigue. Je suis sur le point de m'endormir quand je l'entends fredonner :

« I know that we might go nowhere
But one last time let's go there »

Je dis : « C'est une chanson de rupture. »

Il dit : « C'est la chanson de nos perpétuelles retrouvailles. »

* *
*

J'enfonce la clé dans la serrure mais avant d'appuyer sur la poignée, je me tourne vers Maxime. Il est si près de moi que je peux sentir l'odeur d'alcool qui émane de son haleine. Je veux lui dire la vérité, qu'il ne peut rien se passer ce soir, que ma vie, enfin que ma voie, je veux dire la voie n'est pas libre mais son souffle me déstabilise et mon esprit s'embrouille. Il pose sa main sur la porte, au niveau de mon visage, et son corps est à un centimètre du mien.

J'abaisse la poignée.

À l'intérieur, je lui chuchote de me suivre sans faire de bruit. Une fois dans ma chambre je baisse la tête et sans oser croiser son regard, je lui demande : « Tu veux dormir de quel côté ? » Je vois qu'il est surpris. Il ouvre la bouche et la referme sans qu'aucun son n'en sorte. Ses yeux se posent une seconde sur le cadre qui se trouve sur ma table de nuit et dans lequel il y a une photo de Benjamin. Il sourit.

— Tête-bêche, ça te va ?

J'éteins la lumière. On se couche côte à côte et il ne fait aucun commentaire. Quelques secondes plus tard, je sens sa main attraper la mienne.

— Tu sais, toi et moi on va passer notre vie ensemble. Moi je l'ai déjà compris.

Il bâille longuement avant d'ajouter.

— J'espère que tu ne mettras pas trop longtemps à le comprendre.

* *
*

Il est parti le lendemain avec le premier Eurostar. Celui qui permet de rentrer à Paris et de reprendre sa vie là où on l'a laissée. Comme si de rien n'était. À mon réveil, sur ma table de chevet, je découvre un dossier rouge que je reconnais aussitôt. Le voir là, après tant d'années, me fait l'effet d'un coup de poing. Sur sa couverture, une note a été rédigée et je devine l'écriture de Maxime qui n'a pas changé.

« Ma tante m'a confié ce dossier peu de temps après le décès de ton grand-père. On s'était perdus de vue, j'étais jeune, particulièrement idiot… Je n'ai pas mesuré à quel point ce n'était pas une simple pochette rouge. Je l'ai rangé dans l'un des tiroirs de mon bureau et je n'y ai plus repensé. Et puis, il y a deux mois, en faisant du tri dans mes affaires, je suis retombé dessus. Cette fois-ci, je l'ai ouvert. Et je l'ai lu. Billie, je ne sais pas si la vie nous mettra indéfiniment sur la route l'un de l'autre. Je crois surtout que la vie elle s'en fout un peu de tout et que, depuis le début, il n'y a que toi et moi. Je m'en fiche de savoir où l'on va. Je m'en fiche d'aller nulle part. Je sais juste que je veux aller partout si c'est avec toi. »

* *
*

Dans le dossier, il y a mon acte de naissance. Je le survole. Il n'y a pas grand-chose que je ne sache pas déjà. Je reste toutefois quelques secondes sur la mention : « Née de père inconnu. » Ce n'est pas une surprise, mais c'est la première fois que je le vois écrit. Il y a ensuite une page d'un journal de la presse locale qui date du 19 janvier 1995. Je parcours les différents titres des articles : « Péages d'autoroutes : le top 5 des hausses les plus fortes dans le Grand Ouest », « La grève se durcit à la SNCF », « Un pâtissier d'Indre-et-Loire, meilleur ouvrier de France », des résultats sportifs « FC Tours toujours dans la tourmente ». Et puis un encart qui relate des faits divers : « Une famille évacuée après un incendie dans leur maison », « La plus longue galette des rois du monde devrait dépasser les 50 mètres », « Une chanteuse se tue dans un accident de voiture ».

Je lis les quelques lignes qui se trouvent en dessous de ce dernier titre. « Tragique accident de la route, lundi soir, aux abords de la départementale 140 en direction de Chenonceaux. Une jeune femme de 27 ans a perdu le contrôle de son véhicule et a trouvé la mort. » C'est tout.

Ensuite, je découvre une pochette d'album sur laquelle je reconnais ma mère. Elle marche pieds nus sur le sable, une paire de chaussures à talons à la main et le regard perdu au loin. Elle est vêtue d'une robe moulante rouge et ses cheveux auburn ont été gaufrés. En haut de l'image, dans une police qui a mal vieilli, on peut lire Billie Pretty. L'ensemble n'est pas très harmonieux, même pour l'époque. À l'arrière du CD, il y a trois titres de chansons : *Love You Anyway*, *Be, Be Billie* et *It Will Be You*. Je n'ai rien sous la main pour l'écouter.

Je continue de parcourir le contenu du dossier. Je tombe sur une lettre de relance d'un studio d'enregistrement pour une somme de 7 000 francs, une facture impayée pour une séance photos à 1 200 francs, la location d'une robe de haute couture à 1 450 francs, une séance de maquillage, de coiffure, de manucure, des cours de chant…

Il y a d'autres pages d'un journal qui date cette fois du mois de septembre 1995. L'article prend plus de place et il a pour titre : « Du nouveau sur l'affaire Billie Pretty ».

« Au mois de janvier dernier, une jeune femme de 27 ans avait effectué une sortie de route avant de percuter un arbre dans la campagne tourangelle. La victime avait alors été évacuée dans un état critique à l'hôpital et malgré des efforts sans relâche de la part des médecins, elle avait succombé à ses blessures. Mais ce qui semblait être un banal accident de la circulation comme il en arrive des centaines chaque jour en France, n'en était pas vraiment un. L'enquête des gendarmes vient d'établir que la jeune femme, une chanteuse qui se produisait dans les bars de la région sous le nom de scène de Billie Pretty, connaissait des difficultés financières. Durant le trajet, elle s'est donc détachée avant de foncer délibérément dans un arbre. Elle laisse derrière elle une petite fille de 4 ans. »

Il y a aussi de nombreuses lettres adressées à Irène, sur lesquelles des passages ont été soulignés. Elles sont toutes écrites par ma mère, mais c'est comme s'il s'agissait de deux personnes différentes. Sur certaines, elle explique à quel point elle est heureuse, au sommet de sa vie, prête à déplacer des montagnes. Elle raconte qu'elle n'arrive plus à dormir, qu'elle a trop d'idées, trop de choses à faire. Mais que ce n'est pas grave : elle n'est pas fatiguée. Elle a même une énergie débordante. Elle se décrit comme la nouvelle star de la chanson française, l'étoile montante de la scène internationale. Sa confiance en elle paraît sans limites. On dirait qu'elle fait un concours de superlatifs.

Sur les autres lettres, c'est tout l'inverse. Ma mère écrit être submergée par des pensées négatives, être au bord du précipice. Elle dit être une moins que rien, ne plus vouloir sortir de chez elle. Elle n'a plus faim, plus sommeil, plus envie de rien.

Un post-it a été collé sur la dernière lettre. D'une écriture qui n'est pas celle de ma mère, il est écrit : « preuves bipolarité ». Le mot « bipolarité » est souligné par trois traits rouges.

Encore une page de journal. Février 2003. Une croix est tracée à côté de l'article intitulé : « Il profitait de la vulnérabilité des femmes. » Je me mets à le lire lui aussi.

« L'affaire aura mis plus de huit ans à être classée mais cette fois ça y est : l'homme de 56 ans qui proposait à des jeunes femmes de se produire sur la scène de ses établissements nocturnes, en échange de faveurs, a été condamné. Abus de pouvoir et même abus de faiblesse. Il aura fallu toute la détermination d'Irène Lacroix pour venir à bout de ce propriétaire de bar peu scrupuleux, ce marchand de rêve, qui faisait miroiter le succès à de jeunes femmes.

Pascal Gravon a le bras long. Du moins c'est ce qu'il disait. En déroulant un carnet d'adresses digne des plus grands agents artistiques, il prétendait pouvoir faire décoller la carrière des jeunes femmes à condition qu'elles soient prêtes à en payer le prix. Et pour celles qui n'en avaient pas les moyens, il était alors possible de “s'arranger”. »

L'une de ses victimes, atteinte de bipolarité, s'était même donné la mort.

Chapitre 18

2022

J'ai 31 ans. C'est mon dernier jour dans l'entreprise et je vide mon bureau. Clara passe une tête dans l'embrasure de la porte et me demande si je suis sûre de mon choix. Sans attendre de réponse, elle sourit et puis elle s'en va. Depuis l'annonce de mon départ, elle fait cette blague tous les jours. Elle est déçue, mais elle ne commente pas ma décision. Elle sait que c'est une proposition qui ne se refuse pas.

Je suis rentrée de Londres il y a trois semaines. Ce qui devait être un séjour de six mois s'est finalement transformé en une année complète. Darren a continué à me donner des cours comme si une nomination aux Oscar était en jeu. J'ai continué à danser sur la moquette imbibée d'alcool des boîtes de nuit. J'ai continué les bus rouges, quelques taxis noirs et le ciel gris. Mais j'ai arrêté les allers-retours à Paris. Il est sans doute plus facile de quitter quelqu'un quand on est déjà partie. Sans doute.

Avec Benjamin, je sais à quoi ma vie aurait ressemblé. On serait allés au restaurant le vendredi soir, au théâtre le samedi et chez ses parents le dimanche. On aurait eu deux enfants, un garçon et une fille. Il m'aurait offert des livres pour Noël et des week-ends à Rome pour nos anniversaires. Il aurait mis sa carrière entre parenthèses le temps que la mienne prenne son envol. Il aurait pris la place à l'ombre en terrasse quand il fait encore froid. Il m'aurait expliqué le vin, l'art et la gastronomie. Il m'aurait raconté la fin des films quand je me serais endormie devant. Il m'aurait rendue heureuse. Lorsque j'ai dit à Astrid que je n'étais pas sûre de ce que je faisais ni pourquoi je le faisais, elle m'a répondu : « Parfois on n'a pas d'autre choix que d'en faire de mauvais. » Cette phrase, que j'entends alors pour la seconde fois de ma vie, résonne en moi.

Mon téléphone sonne. C'est Stéphanie de l'accueil qui vérifie si je suis toujours là. Elle dit : « Ah tant mieux, un livreur vient de déposer un colis pour toi. Ne bouge pas, j'arrive. » Et elle raccroche.

Une minute plus tard, le colis est sur mon bureau. C'est un carton rectangulaire, environ de la taille d'une boîte à chaussures, dans lequel se trouvent plusieurs pages de magazines froissées. Le contenu doit sûrement être fragile alors par précaution, je ralentis mes gestes. C'est là qu'une des feuilles attire mon attention. Il s'agit d'un article signé de mon nom. J'attrape une deuxième page, une troisième puis une quatrième. Je comprends que toutes ces pages, ce sont mes piges, celles écrites à mes débuts. Je les sors une à une et les pose sur mon bureau en essayant de les aplatir. Je reconnais celle sur la maison des Babayagas, mon premier papier. Il y a aussi l'article qui parle de l'exposition sur Vivian Maier au Centre Pompidou. Le dernier que j'écrirais avant de démissionner. Ils sont tous là. Il n'en manque aucun. Au fond de la boîte, il y a un Walkman, le même que celui que m'avait offert Maxime lors de notre premier été et plusieurs cassettes audio toutes dans leur boîtier numéroté. L'une d'elles se trouve déjà dans le lecteur. Je mets les écouteurs en mousse sur mes oreilles et appuie sur *Play*. La bande tourne et je reconnais tout de suite le jingle de mon podcast. Ma voix commence, elle est mal placée, trop haute et encore un peu hésitante : c'est le premier épisode que j'ai enregistré. J'appuie sur Stop, j'ouvre le boîtier, tourne la cassette, enclenche la lecture. Sur la face B, c'est le cinquième. Je fouille dans les cassettes, calcule rapidement et je comprends qu'ils sont tous là. Tous mes épisodes depuis le début. Je jette un œil au fond de la boîte à la recherche d'un mot, d'une lettre, un indice sur l'expéditeur, mais il n'y a rien. Aucune explication.

J'attrape le couvercle pour refermer et c'est là que je la vois, scotchée sur le verso. Une enveloppe avec mon prénom dessus. Je l'ouvre et découvre une carte.

« Billie Pretty a disparu un jour d'enfance. Mais Billie existe. Elle existera toujours. Max. »

* *
*

Je suis assise à la terrasse d'un café avec Astrid. Le samedi matin, on se retrouve ici à l'heure du petit-déjeuner pour faire le bilan de notre semaine.

— Et tu te souviens de rien ? Tu n'as aucun souvenir ?

— Non...

Elle trempe le bout de son croissant dans une grande tasse de chocolat chaud puis mord dedans. Tout dégouline le long de son menton et tombe sur la table. Elle n'y prête pas attention.

— Ma tante Martine avait une perte de mémoire sur un temps assez long, dit-elle la bouche encore pleine. Ce qu'elle avait vécu, ça l'avait tellement retournée qu'elle avait mis sous le tapis toute une période de sa vie. Une période de deux ans quand même ! Bref, elle est allée voir un hypnotiseur et pouf. Au bout de trois-quatre séances, ça lui est revenu. Ça ne te coûte rien d'essayer, tu ne crois pas ?

Alors un jour, c'est ce que je fais.

Chapitre 19

1995

J'ai 4 ans. Ma mère travaille la nuit dans des bars. Elle est chanteuse. Elle ne chante qu'en anglais et je ne comprends pas vraiment qu'il s'agit d'une langue parlée par des millions de personnes à travers le monde. Je suis convaincue qu'elle chante des secrets qui me sont destinés dans une langue qu'elle a inventée et que je suis la seule à comprendre. Elle n'est sur scène que pour moi, même quand je ne suis pas là.

Elle fait aussi des ménages dans l'hôpital de la ville, mais ce n'est pas son vrai métier. Non, son vrai travail, c'est chanteuse. Elle me le répète sans cesse pour pas que j'oublie. « Quand ils te feront remplir des fiches de renseignements à l'école, c'est ce que tu mettras, d'accord ? C'est important, Billie. Dans la vie, les mots nous définissent. »

Alors je promets.

Je ne sais pas qui est mon père. On n'en parle pas. À vrai dire, je ne sais même pas si je pose la question. J'ai encore l'âge où la normalité correspond à ce que je vis. Ma mère m'a juste dit, une fois, qu'ils se sont beaucoup aimés et je ne sais pas si c'est une bonne ou une mauvaise chose. Car je sais aussi que leur histoire n'a pas duré longtemps. Il n'appelle jamais et elle a arrêté de le faire. Je crois que c'est un mystère que je n'ai pas choisi d'élucider. De toute façon, ma mère me suffit.

Le matin, elle me dépose à l'école avec Sarah, la petite fille qui vit au-dessus de chez nous, et puis elle rentre dormir deux heures avant d'enchaîner avec les ménages. Le soir, c'est la maman de Sarah qui vient nous chercher à la sortie de l'école. Elle garde déjà trois bébés qu'elle promène dans une poussette qui ressemble à un autobus et à laquelle on s'accroche sagement.

Cet autre appartement situé au-dessus de nos têtes, c'est bien plus que l'extension de notre foyer. C'est l'extension de notre cœur. Je n'ai beau avoir que 4 ans, je monte et descends cet escalier toute seule, à condition de bien me tenir à la rampe en bois. Il m'arrive d'aller y chercher du beurre, des pâtes ou un peu de farine quand les fins de mois s'allongent. Je ne repars jamais avec uniquement ce que je suis venue chercher.

Ma mère danse dans le salon minuscule et quand sa robe tourne c'est que le monde continue lui aussi de le faire. « Un producteur est venu me voir hier soir ! » et elle agite une carte de visite qu'elle colle contre sa joue, contre sa poitrine, contre son cœur.

Elle chante et je trouve qu'elle ressemble aux princesses que je vois dans les dessins animés. Celles qui parlent aux animaux mais que le monde rejette en permanence. « Attends, on va ouvrir du champagne pour fêter ça » et elle part chercher dans le frigo une minuscule bouteille qui n'en est sûrement pas. Une bouteille qui attend là depuis la dernière grande occasion tombée à l'eau. Et c'est peut-être ce qui pourrait le mieux définir ma mère, l'eau ou le champagne, pas d'entre-deux. Des bulles ou des noyades. Le rouge illumine ses lèvres autant que le noir de ses yeux coule sur ses joues. Elle fait sauter le bouchon et boit directement à la bouteille en continuant de tourner. Du bout des doigts, elle attrape une goutte qui glisse le long de son menton et elle vient la déposer derrière mon oreille. « Pour te porter chance » et elle m'embrasse sur le front. Elle me raconte alors cette histoire qu'elle me raconte toujours quand elle est heureuse.

« Tu sais, ma Billie, le jour de ta naissance, j'ai ressenti une telle sensation de bonheur, quelque chose de si exceptionnel… » Je ne sais pas si elle dit la suite ou bien si c'est moi qui l'invente à chaque fois, mais je suis alors convaincue que j'ai quelque chose de magique. J'en conclus que si ma mère a ressenti ça quand je suis née, c'est que je dois être spéciale. Je sais bien aujourd'hui que ce dont elle parlait, c'était des hormones et de l'ocytocine. Il n'empêche que cette croyance s'est ancrée en moi, parce qu'elle a été semée à un âge où tout s'enracine.

Et j'ai beau avoir tout oublié. J'ai beau avoir effacé de ma mémoire ma mère et sa robe qui tourne au rythme des cartes de visite de ceux qui ne produisent rarement plus que des faux espoirs, il y a ce feu que je garde précieusement au fond de moi. Si ma naissance a été exceptionnelle, alors ma vie doit l'être aussi.

* *
*

Quand les producteurs ne rappellent pas, les robes arrêtent de tourner. Les rideaux se ferment et ma mère s'éteint sur le canapé. Je l'entends pleurer au téléphone, dire qu'elle n'est qu'une ratée, une bonne à rien, une chanteuse de salle des fêtes. Que le temps passe et qu'elle n'y arrivera jamais. « Tu as déjà vu une chanteuse réussir après 30 ans, toi ? » et puis elle raccroche.

Quand cela arrive, Najoua vient me chercher et c'est elle qui s'occupe de moi pendant « le temps qu'il faut ». Le temps qu'il faut, en général, dure toujours trois jours. Najoua nous met alors Sarah et moi devant *La Petite Sirène*. Elle cuisine des plats de toutes les couleurs pour contrebalancer mon air sombre. Sans doute essaie-t-elle aussi de remplir mon estomac pour tromper mon cœur vide.

* *
*

Ma mère est belle. Je le vois au regard que posent les gens sur elle, mais aussi à celui qu'elle pose sur les autres. Elle marche la tête haute, les épaules jetées en arrière, le sourire tissé sur son visage. Si elle doute de beaucoup de choses, sa beauté, elle, est une valeur refuge. Et c'est sans doute l'une de ses fragilités, cette certitude dans quelque chose d'aussi éphémère.

Un jour, elle me montre une affiche avec une photo d'elle dessus.

— Regarde, dit-elle. Regarde ce qu'ils ont fait ! Mon premier concert !

Elle attrape un rouleau de scotch et colle l'affiche sur l'un des murs du salon. Elle recule pour admirer le résultat et je la vois rayonner. Elle touche du doigt ce dont elle a toujours rêvé : son nom, sur une affiche. « On va inviter Odette et Marcel » et je n'ai pas la moindre idée de qui elle parle, mais peu importe : elle est heureuse.

Elle me prend dans ses bras et se remet à tourner dans le salon en me serrant tout contre elle. Je glisse mon visage au creux de son cou et je respire, je respire, je respire jusqu'à manquer d'air.

J'aimerais ne pas y penser mais c'est plus fort que moi. Les jours de grand soleil, rien ne peut advenir d'autre que la pluie.

Le samedi du concert est là. J'arrive dans ce bar, accrochée à la main de ma mère, et tout le monde m'appelle par mon prénom. Astrid la serveuse, Pascal le patron, Judith la barmaid, Julien le pianiste. Ils savent tous qui je suis. Pourtant, c'est la première fois qu'elle m'amène avec elle.

Il y a une scène au fond de la pièce, une estrade en bois au milieu de laquelle se trouve un micro éclairé par un faisceau de lumière.

Ma mère m'installe sur une chaise et part se changer dans les toilettes. Quelques minutes plus tard, elle revient vêtue d'une longue robe noire qui lui sculpte une silhouette qui me fascine. Je ne savais pas qu'elle avait ce corps-là. Je ne connais que les creux de ses formes dans lesquelles je m'enroule dès que je peux. Pas ses courbes. Mais de toute évidence, je suis la seule à ne pas être au courant. Elle avance et c'est comme si elle avait un corps fait de magnétite car je vois les têtes se tourner une à une et se coller à elle comme des aimants. Surtout celle de Pascal.

J'assiste aux répétitions et je suis subjuguée par sa beauté, son charisme, sa voix. Je ne pense plus à ces journées qu'elle passe affalée dans le canapé, enroulée dans un peignoir rugueux à fumer des cigarettes qui rendent l'air de l'appartement irrespirable. Ma mère est une étoile, la plus brillante des étoiles, et la noirceur du ciel dans lequel elle scintille ne peut rien contre elle.

Julien appuie sur une des touches de son piano et ma mère pose sa voix en portant sa main à sa poitrine comme le font les chanteuses à la télévision. À cet instant, je suis convaincue qu'elle est la plus grande star de la chanson au monde. Je ne vois pas la poussière endormie sur les étagères, les ampoules qui oscillent dans les toilettes et les trous dans le mur de ce bar miteux. Je ne remarque pas toute cette violence parce que je ne suis qu'une enfant et je ne vois que ma mère.

* *
*

Le concert est sur le point de commencer. Il n'y a pas grand monde mais j'imagine que d'ici quelques minutes, le public va arriver. Ma mère est derrière la scène, je la vois jeter un œil à la salle, l'air inquiet. Je lui fais un petit signe de la main pour l'encourager mais elle ne me voit pas.

Elle ferme les yeux, souffle un grand coup et s'avance jusqu'au micro. Alors le piano commence et elle se met à chanter. Je ne remarque pas tout de suite que les conversations ne s'arrêtent pas. Qu'il y a sa voix mais aussi toutes celles des autres, celles des clients qui ne sont pas venus pour elle mais pour le chauffage et les bières. Elle continue quand même, elle chante comme si elle n'avait rien remarqué et je me dis qu'ils vont bien finir par se taire mais en réalité, c'est tout à fait l'inverse. Ceux qui avaient jusque-là la politesse de chuchoter parlent désormais à voix haute. Le brouhaha est de plus en plus compact et quand la chanson se termine, personne n'applaudit. Elle se tourne vers Julien qui l'encourage du regard ; ils vont en faire une autre, ça va aller, c'est normal, il faut les convaincre. Alors ma mère reprend sa respiration. Elle ferme les yeux et se met à nouveau à chanter avec tout son cœur, en écartant le micro de sa bouche quand sa voix monte en puissance. Elle semble imperturbable mais je l'entends, moi, sa voix qui tremble, quand la deuxième chanson se termine comme la première. Dans l'indifférence. Elle ne fait presque pas de pause, elle enchaîne tout de suite avec une troisième comme si elle livrait une bataille avec le bruit dans la salle et qu'il ne fallait surtout pas lui laisser gagner du terrain. Mais quelques secondes plus tard, alors que ma mère reprend sa respiration pour entonner le refrain, un homme se lève. « Mais c'est pas bientôt fini ce bordel ? On ne s'entend plus parler ! Pascal ! C'est un bar ou bien la kermesse de l'école ici ? »

* *
*

Le reste est flou. Ma mère a quitté la scène, elle est dans un coin du bar. Il y a ce couple, un homme et une femme d'un certain âge qui viennent la voir et qu'elle repousse. Au moment de partir, l'homme me regarde, donne un coup de coude à sa femme qui se retourne et plaque sa main contre sa bouche quand elle m'aperçoit. Mais ma mère les bouscule et ils finissent par s'en aller, l'air abattu. Je repense alors à cette phrase qu'elle m'a dite avant le début du concert mais qu'elle ne prononçait que pour elle-même : « Tu vas voir, je vais leur prouver qu'ils ont eu tort. »

Il y a Pascal qui hausse les épaules et ma mère qui lui hurle dessus qu'il s'est bien foutu de sa gueule. Qu'il a imprimé une affiche pour lui faire plaisir mais qu'elle n'est pas idiote, elle sait bien qu'il n'y en a pas eu d'autres et que ce soir comme tous les autres soirs, c'était les mêmes poivrots dans son bar pourri. Qu'il a juste profité d'elle. C'est à ce moment que nos regards se croisent et je la vois baisser les yeux. Julien se dirige vers elle, pose la main sur son épaule, mais elle se dégage lentement et vient me retrouver :

— Allez, viens. On rentre.

Dans le bus qui nous ramène à la maison, je fais semblant de dormir. Mon oreille collée contre son cœur, je sens son souffle chaud qui se faufile et se perd dans mes cheveux. J'ai les paupières closes mais tout en moi est éveillé. Je suis à l'affût, je redoute la moindre fissure dans son armure que je crois si solide malgré toutes les failles qu'il m'a déjà été donné d'apercevoir. Soudain, les sanglots qu'elle étouffe secouent doucement mon corps de petite fille. La peur me saisit aussitôt et des milliers de picotements se propagent sous ma peau. Cette peur, c'est loin d'être la première fois qu'elle me saisit. Mais c'est la première fois que je me sens couler dans l'inquiétude immense que le monde qui m'a portée, un jour puisse s'écrouler pour toujours.

* *
*

Il est très tard, il fait nuit depuis longtemps mais Najoua vient quand même me chercher. Je me souviens que je hurle quand elle m'arrache des bras de ma mère, je hurle dans la nuit silencieuse, je hurle comme je n'ai jamais hurlé et pourtant, personne ne me demande de me taire. Cette réaction ne surprend personne. Je ne veux pas quitter ma mère et je ne sais pas bien dans quel camp se situe l'abandon. Car si c'est moi qui pars, j'ai bien conscience qu'elle ne me retient pas.

J'entends : « Ta maman a besoin de repos », mais je m'en fiche. Cette phrase ne veut rien dire pour moi. Alors je continue de crier.

Elle est plus qu'une amie, Najoua. Elle est plus qu'un refuge. Mais je ne veux pas que tout recommence. Je ne veux plus de tajines aux abricots, de gâteaux qui collent aux doigts ni avoir mon nez collé à un écran qui diffuse *La Petite Sirène* en boucle. Je veux ma mère. Je la veux comme si je savais qu'on me l'offrait pour la dernière fois.

* *
*

Il fait froid. Tout est froid autour de moi. Même les rayons du soleil qui traversent les vitres de l'appartement n'arrivent pas à me réchauffer. Il n'y a plus de couleurs, j'imagine qu'elles ont dû être effacées par quelqu'un car je vois gris. Je suis assise sur le canapé du salon et j'attends. J'ai un serre-tête dans les cheveux, un truc en velours avec un nœud qui me fait mal derrière les oreilles. Je crois que c'est Najoua qui m'a dit de le mettre. Je ne sais plus. J'ai envie de l'enlever mais je n'ose pas. Je suis sage. J'obéis.

Quelqu'un sonne à la porte, c'est une dame que j'ai déjà vue plusieurs fois et dont le numéro s'affiche régulièrement sur le téléphone fixe de la maison lorsque ma mère ne veut plus voir personne. Un jour ma mère m'a dit : « Irène, c'est comme une sœur. Sauf que la seule chose que l'on a en commun, c'est l'amour que l'on se porte. » Irène s'approche et son visage ne ressemble pas à celui que j'ai connu. C'est le même, mais en triste. Elle s'assoit à côté de moi et pose ses mains sur les miennes. Elle me regarde droit dans les yeux et elle ouvre plusieurs fois la bouche avant qu'un son ne se décide à sortir.

— Ta maman a eu un accident. Je vais t'emmener chez ton grand-père et ta grand-mère, tu verras, ce sont des gens très gentils.

Najoua a préparé un sac pour moi. Je n'ai aucune idée de ce qu'elle a mis dedans. Irène l'attrape d'une main, me tend l'autre et puis on quitte l'appartement. Au moment de refermer la porte, elle s'arrête, pose tout à terre et se dirige d'un pas rapide vers la cuisine. Une minute plus tard, elle est de retour et glisse dans la poche de mon manteau cette photo qui était alors aimantée sur le frigidaire. Cette photo qui ne me quittera plus jusqu'à ce voyage en train, des années plus tard.

Je sais que ce qui est arrivé à ma mère est grave. Je le comprends au silence des adultes et aux mots qu'ils ne prononcent pas. J'ai envie que l'on me parle, mais je n'arrive à poser aucune question. Irène m'emmène chez ce couple que je n'ai vu qu'une seule fois et qui m'observe en penchant la tête sur le côté. Elle me dit qu'elle reviendra, elle me le promet mais ne le fait pas et j'oublie son visage. Il y aura cependant cette dispute, au téléphone, un mois plus tard. Ce jour-là, c'est Marcel qui décroche et, cachée derrière la porte de la cuisine, je contemple son visage se crisper et devenir rouge à mesure que la conversation avance. Soudain, il crie et une tempête de postillons sort de sa bouche.

— Jusqu'à preuve du contraire, son responsable légal, c'est moi ! C'est donc moi qui décide et il en est hors de question. Tu te rends compte de ce que tu nous demandes, Irène ?

— ...

— La vérité ? Quelle vérité ? Pour quoi faire ? Ce sera notre vérité ! Tant que tu ne l'accepteras pas, nous ne te laisserons pas la voir.

Et il raccroche.

* *
*

Le temps passe et je n'ai presque aucun souvenir de cette période. Même à présent que tout remonte enfin à la surface. Je suis si petite. J'ai l'âge où la vie s'efface à mesure qu'elle se vit.

Un soir, dans l'obscurité de ma chambre, Odette me confiera que ma maman est partie au ciel. Ce sera peu de temps avant qu'elle ne la rejoigne. Ses mots qu'elle me chuchote juste après m'avoir lu une histoire ressemblent à un secret. Je ne sais pas vraiment ce que je ressens, cette réponse arrive si longtemps après que j'ai arrêté de poser la question. Je sais juste qu'à partir de ce moment-là, j'ai peur du noir et je ne veux plus dormir sans lumière. Alors des étoiles fluorescentes viennent se coller sur le plafond de ma chambre.

Les jours qui suivent, Marcel n'adresse plus la parole à Odette. C'est une chose que j'ai oubliée, son attitude autoritaire, son caractère tyrannique. Sa part sombre. Il fallait que les choses aillent dans son sens. Sinon il s'énervait. Avec l'âge, même sa colère s'est épuisée. Dans ces moments-là, Odette haussait les épaules et me faisait un clin d'œil. Elle prétendait que la tempête lui passait à côté. Mais j'imagine qu'on ne peut pas vivre toute une vie en prétendant.

Quelque temps plus tard, le couple qui vit dans l'appartement juste au-dessous de chez nous déménage et une femme s'installe à leur place. Elle s'appelle Mme Lacroix et personne ne me précisera que son prénom est Irène. Son visage ne me dit rien. Marcel ne lui dit pas bonjour et il me dit de ne pas le faire. Quand je demanderai pourquoi, il se contentera de répondre que l'on ne parle pas aux inconnus et je ne ferai pas de commentaire. Mme Lacroix me propose parfois de venir regarder la télévision chez elle et, quand Marcel a le dos tourné, c'est ce que je fais. Elle me demande aussi si j'ai tout ce qu'il me faut, si je mange correctement, si j'ai des amis à l'école et si j'arrive à suivre en classe. Elle dit : « Est-ce que quelque chose te ferait plaisir ? » et il y a tellement de réponses à cette question que la plupart du temps, je réponds : « Non, merci. »

Un jour Mme Lacroix me dit : « Ma sœur a un petit garçon de ton âge. Il pourrait venir passer des vacances ici et vous pourriez jouer ensemble ? Qu'en penses-tu ? »

Comme je ne réponds rien, elle ajoute : « Tu ne peux pas te couper des autres indéfiniment, Billie. Il faut que tu parles, que tu te fasses des amis. »

Je la fixe sans rien dire. C'est la première fois qu'elle s'adresse à moi de cette manière, avec cette douceur quasi maternelle. En prononçant ces quelques phrases, j'ai l'impression qu'elle a plongé son bras dans ma poitrine et que sa main serre mon cœur de toutes ses forces. Elle n'est qu'une voisine après tout, qu'est-ce qu'elle en sait si j'ai des amis et si je parle ? Et puis qu'est-ce que ça peut lui faire ?

Je me bloque. Je sens que tout se ferme à l'intérieur de moi. La scène n'est pas terminée que je commence déjà à l'effacer de ma mémoire. Comme on chasse parfois les événements qui cognent trop fort à l'intérieur. Cette dernière phrase qu'elle est sur le point d'ajouter, ainsi que le reste, disparaîtra pour toujours.

— Vous n'avez pas la même vie, vous n'avez pas la même histoire mais vous pourriez vous compléter. Je pense même que vous pourriez bien vous aimer.

Chapitre 20

Aujourd'hui

J'ai 32 ans. Je suis assise autour d'une table que je partage avec trois autres personnes. Sur le mur en face de moi, une horloge électronique affiche l'heure en pointillé rouge. 6 h 59. Un imposant casque recouvre mes oreilles et j'ai devant moi mes fiches, un écran d'ordinateur ainsi qu'un micro en mousse. L'homme à ma droite s'appelle Bertrand Le Gall, il anime la matinale de l'une des plus grandes radios de France et c'est dans leur studio que je me trouve ce matin pour la première fois. À l'antenne.

Quelques mois plus tôt, ses équipes m'ont contactée pour me proposer de travailler avec eux. Une chronique quotidienne à la radio, sur le même principe que mes podcasts mais en direct. Pendant huit minutes, je présente une personnalité qui gagne à être connue. Des personnes que je repère dans la rue, sur les réseaux sociaux, dans les cuisines d'un restaurant, dans des petits théâtres de province. Je raconte leur histoire. Encore une carte blanche en quelque sorte.

Le cercle de pointillés rouge finit son tour de cadran et l'horloge affiche 7 heures. Un jingle est lancé et un panneau lumineux sur lequel il est écrit « *on air* » s'allume. Bertrand Le Gall lève la main droite et commence à parler. Il donne l'heure, souhaite la bienvenue aux auditeurs avant de rappeler la date du jour. Lundi 16 janvier. Je pense : « Il salue la France » et un bref vertige me saisit. Plusieurs millions de personnes sont en train de nous écouter. Là, maintenant, tout de suite. Tous ces gens. En même temps.

Bertrand Le Gall annonce les titres de l'actualité puis le programme de l'émission avec les différents chroniqueurs qui vont intervenir ainsi que le nom de leurs invités. Et puis comme c'est ma première émission, il parle de moi.

« Vous la connaissez peut-être sous le nom de Billie Letellier ou peut-être même Billie Frenchy si vous l'écoutez à l'international, son podcast comptabilise des millions d'écoutes, elle sera désormais parmi nous chaque matin pour sa nouvelle carte blanche. Bonjour Billie et bienvenue. Mais tout de suite j'accueille notre première invitée, Chantal Suzin. »

L'émission avance et puis à 7 h 45, c'est à moi.

« Chaque matin, je vais vous raconter une histoire qui met en lumière des inconnus qui gagnent à être connus. Pour ma première chronique, je me suis dit que j'allais vous raconter celle d'une petite fille qui s'appelle

Billie. Elle ne le sait pas encore mais toute sa vie, on va lui demander si Billie, c'est son vrai prénom. Et toute sa vie, elle devra répondre que oui.

Pendant longtemps, Billie a cru qu'elle s'appelait ainsi en hommage à une chanteuse célèbre, une certaine Billie Pretty. J'imagine que vous ne la connaissez pas. C'est bien normal puisqu'elle n'existe pas. En tout cas, pas exactement. Billie Pretty est une légende racontée à une petite fille à qui on ne sait pas trop quoi dire pour éviter la vérité. Mais comme c'est mal de mentir, surtout à un enfant, on se dit que la vérité, on va un peu s'arranger avec.

Tout démarre avec Virginie, une jeune femme qui a de grands rêves mais qui n'arrive pas à les réaliser. Elle veut devenir chanteuse. Pour sa famille et particulièrement pour son père, il en est hors de question. Mais elle est prête à tout, Virginie. Vraiment. À tout. Elle consacre son temps, son énergie et son argent à ce projet ambitieux. Un jour, elle le sait, elle va y arriver. En tout cas, pendant ses phases "*up*", elle en est convaincue. Car sa plus grande force c'est aussi sa plus grande menace : Virginie est bipolaire. Mais à l'époque, c'est quelque chose que personne ne sait. Cette maladie pour beaucoup, ce n'est rien d'autre qu'un trait de caractère : un être extravagant qui fait des dépressions.

Virginie chante en anglais car elle rêve des États-Unis, le pays de tous les possibles. Alors pour y arriver, elle choisit le pseudonyme de Billie comme Billie Holiday qu'elle considère être la plus grande chanteuse que le jazz ait connue. Et puis, elle se dit que ça va lui donner de la force : elle aussi est partie de nulle part. Il lui manque un nom. Ce sera Pretty. Un mot qu'elle choisit en regardant naïvement Julia Roberts devenir quelqu'un.

Un jour, Virginie tombe enceinte. C'est une petite fille. Elle décide de lui donner ce prénom qui cristallise tous ses espoirs : Billie. Vous la reconnaissez ? C'est Billie, notre Billie du début de l'histoire. Virginie n'abandonne pas son rêve. Au contraire, elle a une nouvelle raison d'y arriver. Elle fait des ménages le jour et chante la nuit.

C'est là qu'elle fait la rencontre d'un homme qui va lui proposer de l'aide. En tout cas, il est disposé à le faire si Virginie est prête à payer, d'une manière ou d'une autre. Alors Virginie paye. La séance en studio, le shooting photo, les jolies robes pour les concerts. Elle paye jusqu'à ce qu'elle ne puisse plus le faire. Jusqu'à ce qu'elle ne puisse plus le faire qu'avec son corps.

Un soir, elle chante devant une salle quasi vide dans l'un des bars de cet homme. C'est la désillusion et avec elle, la prise de conscience. Cet homme a profité d'elle. La rumeur s'ébruite et la honte la rattrape. Sa fragilité mentale la plonge brutalement dans une profonde dépression et lors d'une crise délirante, elle se suicide. Virginie a 27 ans.

Mais pour notre petite Billie, l'histoire sera juste celle d'une mère qui, un jour, a eu un accident de voiture. Pendant toutes ces années, Billie Pretty a disparu. Son histoire ne convenait pas alors elle a été effacée. Pourtant, elle existait vraiment. C'était même la plus importante de toutes les chanteuses du monde. En tout cas pour moi. Puisque c'était ma mère.

Je suis Billie Letellier et, toute mon enfance, j'ai voulu être chanteuse. C'était un rêve qui pourtant n'était pas le mien. Il coulait juste dans mes veines. Toute ma vie, j'ai été en colère sans trop savoir pourquoi et tout ce que je faisais, je le faisais pour prendre une revanche. Moi, à qui il n'était jamais rien arrivé. Je viens de vous raconter l'histoire de Billie Pretty et aussi un peu la mienne.

Aujourd'hui, je réalise mon rêve et je voulais aussi réaliser celui de ma mère. Puisque c'est lui qui m'a amenée jusqu'ici. Alors tout de suite on écoute le titre *Be, Be Billie* de Billie Pretty. »

* *
*

Il est à peine plus de 9 heures et je sors du studio. Je lève la tête vers le ciel et je ferme les yeux pour laisser les rayons de ce soleil d'hiver caresser mon visage. Je me sens bien. J'ai l'impression que toute ma vie, j'ai cherché à vivre ce moment. À être derrière un micro et que l'on m'entende. Mieux, que l'on m'écoute.

Je travaille à la radio, moi, la petite fille qui rêvait qu'on lui en offre une pour son anniversaire. Et qui ne l'a jamais eue.

L'enfance aura toujours une place immense dans ma vie. Sans doute parce que d'une certaine manière, on me l'a prise. Sans doute parce que j'ai choisi que le petit garçon rencontré un été dans un escalier ne soit pas une étape sur ma route. Mais une destination.

Mon téléphone sonne. C'est Maxime.

— Je t'ai écoutée. C'était incroyable. Tu peux être fière de toi. On se voit ce soir ? Même lieu que d'habitude ?

Je ris.

— Oui, on se retrouve à la maison.

Remerciements

Avril 2022 : je commence l'écriture d'un nouveau roman. J'ai une idée en tête, des thèmes qui me parlent, des sujets qui m'habitent, mais tout est encore un peu flou. Je ne sais pas vraiment où je vais, mais j'ai envie d'y aller. Alors j'y vais. J'écris, j'écris, j'écris.

Octobre 2022 : Louise Danou, mon éditrice, me dit que si je rends mon manuscrit le 1er février 2023, alors Flammarion me fera une place dans son planning pour une sortie au mois de mai.

Le défi est ambitieux mais je dis « oui » car pour moi c'est ça, la définition de la chance : dire oui aux opportunités.

Entretemps, j'apprends que je suis enceinte et j'ai désormais deux termes : le 8 janvier pour un bébé, le 1er février pour un roman.

En décembre, je découvre un texte de la journaliste Clémentine Sarlat qui dit que 70 % des femmes qui ont trois enfants, arrêtent de travailler ou réduisent leur temps de travail. J'imagine que c'est souvent un choix. J'ai bien conscience que parfois ça ne l'est pas. Je prends un coup de stress. Que va-t-il se passer dans ma vie professionnelle avec l'arrivée de ce troisième enfant ?

Alors j'écris. J'écris, j'écris.

Le 28 décembre 2022, je donne naissance à une petite fille.

Le 10 janvier 2023, j'émerge enfin d'un début de post-partum compliqué où il a fallu m'opérer.

Je me remets aussitôt à l'écriture. J'écris, j'écris, j'écris. J'écris tous les jours. J'écris entre les couches à changer, le lait à donner, les pleurs à apaiser. La nuit, je note mes idées, le jour, je les écris avec cette petite fille collée-serrée.

J'écris en me disant que je dois absolument réussir pour ne jamais penser qu'avoir des enfants m'a empêchée. J'écris parce que c'est ce qui me rend heureuse et que je ne veux pas regarder mes filles en me disant que sans elles, j'y serai arrivée.

Le 3 février à 20 heures, j'ai envoyé mon manuscrit à mon éditrice.

Le manuscrit de ce roman que vous tenez entre vos mains.

Ce livre que j'ai écrit pour moi mais beaucoup, beaucoup grâce à elles.

* *
*

Merci à Louise Danou de croire en mon écriture depuis le premier jour et de si bien m'accompagner dans la création de mes romans. Je doute de moi chaque seconde. Elle, jamais.